인생산문

일러두기

- 이 책은 일지사에서 발간한 『인생산문』(1974)을 저본으로 삼았다.
- 이 책은 저본에 충실하되 맞춤법, 띄어쓰기, 외래어 표기법 등은 국립국어원의 한국어 어문 규범에 따랐다.
- 본문 중 ( )는 저자가 넣은 것이며, 각주는 편집자가 붙인 것이다.
- 단행본, 잡지, 신문은 『 』로, 작품은 「 」로 표기했다.

한흑구 수필집

인생산문

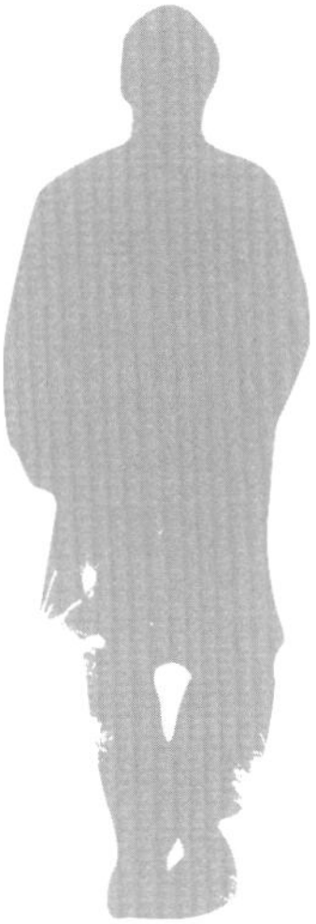

득수

책머리에

여기에 모은 것은 수필집 『동해산문』을 펴낸 뒤에 쓴 것이다.

자연 속에서 인생의 형상을 찾아보기도 하고, 인생 속에서 자연의 심상을 그려보려고 노력도 해보았다.

그러나, 자연 속에는 무수한 신비가 숨어 있고, 인생에는 무한한 정서가 뒤섞여 있다.

이것들을 색채도, 소리도, 냄새도 없는 '문(文)', '자(字)'만의 상징을 통해서 표현하기에는 그리 쉬운 일이 아니라는 것을 느꼈다.

그러나, 수필을 공부하고, 또 써보려고 노력하는 과정에서, 내가 기쁘게 느낀 것은, 무엇보다, 우리의 말과 글이 이 세상에 있는 어느 나라의 그것과도 비길 수 없으리 만큼 곱고, 또한 아름답다는 점이다.

여기에 모은 것은 이렇게 공부하는 과정에서 내가 힘써 노력해본 미성품(未成品)에 지나지 않는다. 그러므로 평범하게 책 이름을 『인생산문』이라고 붙여본다.

나의 교유록은 하나의 신변 기록이지만, 흘러간 우정의 자취를 남겨놓기 위해 실은 것이다.

특히, 안익태 씨와의 젊은 날의 교유록은 나의 온 기억력을 짜내서 기록하였지만, 우리의 우정에 얽매였던 사연의 백분의 일도 그려내지 못하였다.

끝으로, 이 책을 펴주신 일지사 김성재 사장님께 마음속 깊이 감사의 말씀을 드린다.

1974년 국추(菊秋)

저자 씀

※ 이 책은 1974년 일지사에서 초판을 발간했으며, 도서출판 득수가
한흑구 선생의 유족과 정식 계약을 맺고 복간본을 출간하게 되었다.

인생산문 차례

제2부 생활의 지혜

제3장 나의 교유록

제1부 계절의 향기

노목을 우러러보며

나는, 오늘 보경사 앞뜰에 앉아서, 하늘 높이 솟아오른 느티나무 노목 하나를 쳐다본다.

오백 년이나 넘어 살았다는 이 노목은 시간과 공간의 제한을 모르는 듯이 상하좌우로 확 퍼져 올라섰다.

그러나, 지금 이 노목은 검푸른 그늘을 새파란 잔디 위에 드리우고 있지만, 그 다섯 세기의 길고 오랜 세월을 지니고 있으면서도, 그 넓은 허공에 조그마한 한 점의 공간을 차지할 수밖에 없다는 것은 어딘가 이상스럽기도 하다.

한때, 큰 번개에 맞아서 찢어졌다는 큰 가지 하나가 떨어져 나간 부분에는 크고 기다란 구멍이 뚫려 있다.

이 늙은 나무 속에는 얼마나 많은 구멍이 아래위로 뚫려 있는지는 알 수 없으나, 겉으로 보기에도 큰 구렁이들이 얼마든지 드나들기에 충분하다.

구렁이들이 살지 않는다면, 달밤마다 꿀밤을 주워먹는 다람쥐들이 몇 가족이라도 숨어서 살 수 있을 만하다.

달 밝은, 고요한 가을밤에 한 가락 실바람이 불어오면, 저 노목은 콧구멍도, 입구멍도 아닌 저 큰 구멍으로 한 가락 신비로운 소리로 슬픈 노래라도 부를 것 같다.

○

"나무는 늙어도 재목으로 쓰이지만, 사람은 늙으면 아무 쓸모가 없어진다."

이러한 말을 나는 들었다.

그러나 프랜시스 베이컨은 늙은 것, 오래된 것을 좋다고 주장하였다.

> Old wood best to burn, old wine to drink, old friends to trust, and old authors to read.
> 고목은 불을 때기에 좋고, 오래 묵은 술은 마시기에 좋고, 오랜 친구는 믿을 수 있고, 노련한 작가는 읽을 만하다.

이 말의 참뜻은, 시간의 흐름에서, 오래도록 늙고 낡은 것을 뜻함이 아니고, 그 오랜 시간 시련과 곤고를 이겨내 숙달되고, 노련해진 것을 뜻하는 말이다.

나는 묵묵히 앉아서 이 구멍이 뚫리고, 가지들이 땅으로 쳐져서 한편으로 쓰러질 듯이 기우뚱한 큰 노목을 한참 동안이나 쳐다본다.

구부러진 가는 가지마다 얼마나 많은 비바람에 휘갈김을 견디어냈으며 얼마나 많은 찬 서리에 굵은 가지들이 울룩불룩한 가죽과 같은 껍데기로써 씌워졌을까.

어린나무에서는 찾아볼 수도 없는 이 거칠고, 꽉꽉한 껍데기들은 이 늙은 나무의 괴로움과 슬픔의 정이 솟구쳐 나와서 말라붙은 흔적이나 허물이 아닌지.

이러한 상념에 잠겨서, 나는 이 늙은 나무의 모양을 우러러보면서, 나 자신의 걸어온 길을 가만히 더듬어 보기도 한다.

○

나는 어려서부터 나무를 좋아했다.

5월이면 꿀 냄새가 풍기는 아카시아꽃을 따서 먹기를 좋아했다.

6월이면 꽃이 피는 밤나무 그늘 아래에서 안서(岸曙)[1]의 시집

1 김억(金億, 1896~미상). 시인, 문학평론가. 한국 최초의 근대시집 『해파리의 노래』를 발간했다.

『해파리의 노래』와 주요한[2]의 시집 『아름다운 새벽』을 몇 번이고 줄줄 외기도 했다.

버드나무 꼭대기에 올라가서 나의 이름 석 자를 칼로 새겨놓고, 그것이 해마다 나무와 함께 커가는 것을 보면서 기특하게 생각하기도 했다.

지금도 고향에 돌아가면 그 버드나무가 살아 있을까, 육십이 넘은 오늘까지도 가끔 생각해 본다.

나무는 오랫동안 산다.

우리나라에도 천 년이 넘은 노목거수가 있지만, 미국의 서북부에는 오천 년이 넘는 노목이 많다는 것이 나무의 나이테와 함께 기록되어 있다.

○

나무는 한곳에 가만히 서서도 오랜 세월을 살지만, 사람은 이곳저곳 떠다니면서 별별 것을 다 찾아먹으면서도 백 년을 살기가 힘이 든다.

---

2 주요한(朱耀翰, 1900~1979). 시인이자 언론인이며 정치인. 1919년 2월호 『창조(創造)』에 한국 최초의 자유시 「불놀이」를 발표하며 작품 활동을 시작했다.

사람도 육십이 넘으면, 노목의 껍데기마냥 피부에 이상한 증상이 나타나기 시작한다.

손잔등은 거칠어지고, 검은 티들이 덮이고, 얼굴엔 검은 주근깨와 검버섯들이 돋고, 어깨와 잔등에도 많은 주근깨와 반점들이 덮인다.

그뿐인가. 폐를 앓았던 나의 허파에는 구멍이 뚫린 곳도 있을 것이고, 그 독한 파스와 아이나의 복용으로 위장은 헐고, 나른해졌을 것이다.

저 노목은 그의 구멍 속으로 다람쥐들이 드나들어도 끄떡없고, 소슬바람에는 신비스러운 음악 소리를 내고, 해가 쪼이는 뙤약볕에서는 서늘한 그늘을 덮어줄 수도 있지만, 사람은 늙어서도 왜 그러한 신비력을 가질 수 있게 태어나지 못하였을까.

이제, 나의 몸속에서 이름도 모를, 눈에도 보이지 않는 벌레들이, 나의 오장육부를 쑤시어 먹는 날에는, 나는 저 노목과 같이, 푸른 잎도, 가지도, 꽃도, 열매도 맺어보지 못하고 죽어야 하지 않는가.

나는 다시 한번 저 노목을 우러러본다.

시간의 흐름을 탓하고, 운명의 슬픔을 아프게 생각하는 것보다도, 나는 저 노목이 아무 말도 없이 높이 서 있으면서, 다만, 그늘만을 잔디 위에 덮어주는 하나의 사명만을 갖고 있다는 사실을 부러워하지 않을 수 없다.

나도 죽고, 저 노목도 언젠가는 다 죽어야 한다.

그러나 저 노목은 다 썩어서 구멍이 뚫리고, 다람쥐가 드나들어도, 그냥 속임수 하나도 없이, 서늘한 그늘만 드리우는 사명 하나만을 갖고서도 저렇게 오래 살 수가 있다.

그러한 저 노목이 나는 자꾸만 쳐다보이고 우러러보인다.

나는 일종의 외경심마저 느껴본다.

『수필문학』(1974. 10)

들 밖에 벼 향기 드높을 때

나는 아침 일찍이 일어나서 들 밖으로 혼자 걸어나간다.

사방 뜰 안에서 들려오던 귀뚜라미 소리가, 방 한구석에까지 또렷하게 나의 귀를 끊임없이 때려주던 그 소리가 아직도 나의 귓속에서 울고 있는 것 같다.

한여름 대낮에 울어대던 민충이, 쓰르라미, 매미 등의 노래를 들으면서 혼자서 불국사의 뒷언덕을 걸어가던 생각이 난다.

시인 청마의 시비가 홀로 서 있는 것을 바라만 보면서, 흘러가는 벌레들의 가냘픈 울음소리를 듣던 생각이 아직도 새로워진다.

입추와 말복이 지나서부터, 서늘하고 새맑은 밤의 공기를 흔들어대는 귀뚜라미들의 울음소리는, 밤마다 나의 잠을 빼앗아가고, 나를 깊은 생각 속으로 끌어가곤 한다.

○

말도 이야기도 할 수 없는 벌레들이 어쩌면 저렇게 큰 소리로, 또한 또렷한 소리로 울음을 울어댈 수가 있을까.

냇물도 흘러감을 슬퍼해서 소리를 내어 울고 가는 것과 같이, 저 벌레들의 소리도 삶의 짧은 흐름을 서러워서 울고 있는 것일까.

벌레들의 울음도, 새들의 울음도, 또한 짐승들의 울음이 모두 다 짧은 삶의 흐름을 슬퍼해서 울어야 하는 것이 하느님의 뜻일까.

○

지금 들 밖에는 벼 향기가 드높다.

울음도, 소리도 없는 향기로운 벼 향기가 나의 가슴 속과 뼛속을 찌르르 찔러주는 것 같다.

두 쪽의 가슴을 앞으로 내밀며, 두 콧구멍으로 아침의 새맑은 공기를 힘껏 마시어 본다.

그것은 공기가 아니고 내음새다.

새맑고, 달콤하고, 향긋한 내음이다.

젖내가 나는 어린애의 볼과 같고, 서리 속에 갓 피어난 노오란 국화의 얼굴과 같고, 알알이 맺혀서 늘어진 벼 이삭과 같다.

이 내음새가 그 모양을 가졌다면, 그것은 짙은 흰 구름 사이로 한 마리의 학이 날아가는 한 폭의 그림과 같을 것이다.

모양이 없는 이 내음은 나의 온 가슴 속과 나의 피부 속과, 나의 뼛속과 또한 나의 마음속까지를 뒤흔드는 것 같다.

나의 몸과 마음을 다 함께 깨끗하게 하고, 또한 살지게 하는 것 같다.

○

파아란 풀들이 산과 들을 깨끗하게 뒤덮을 때, 농부들이 한 포기 한 포기 손수 헤아려 가면서 정성껏 심어놓은 볏모들이다.

그 많은 볏모를 일일이 꽂아놓느라고, 그 넓은 들에서 농부들은 얼마나 많이 허리를 구부리고, 팔과 손을 놀리고, 힘과 땀을 빼었나.

이젠, 바둑판과 같던 논바닥이 새파란 벼들의 이파리들로 뒤덮여서, 커다란 호수와 같이 파아란 물결로 넘실거리고 있다.

바람이 불 때마다, 이삭들이 새로이 고개를 드는 논에는, 마치 흰 물결이 일 듯이 설렁거리고, 그 위에 잠자리 몇 마리가 천천히 떠다닌다.

이따금 이 푸른 호수 위로 제비들이 재빨리 날아다니는 것은, 잠자리를 잡아먹으려는 것이 아니라, 먼바다 위를 날아갈 수 있도록 날기를 연습하는 것이다.

철을 따라서 다시 따뜻한 강남땅으로 멀리 날아가야 하기 때문이다.

○

새로이 패어나서 고개를 숙이고 늘어져 있는 벼 이삭 하나를 손으로 잡고 코에다 대어본다.

그 새틋한 향내를 무엇이라고 표현할 수가 없다.

포근한 어머님의 품속에서 풍겨나오는 그 생기 있고, 그윽한 내음이라고 할까.

통통하고 새맑은 벼알들을 하나하나 헤아려 본다.

고향에서 살 적에 늙은이들이 하시던 말씀이 생각이 났기 때문이다.

"벼 이삭의 알들이 백칠십 알이 넘으면 풍년이 든다."

내가 헤아린 벼 이삭의 알들은 백칠십 알이 넘었다.

풍년이 든다던 늙은이들의 말씀을 생각하면서 나의 어린 시절의 고향을 다시 한번 되새겨 본다.

논에 물을 빼고, 벼 이삭들이 패어나던 시절에, 어린 나는, 친구들과 어울려서 게잡이를 하러 얼마나 많이 싸다녔던가.

그러나 요사이의 논에서는 게 한 마리도 볼 수가 없다.

내가 어렸을 때에, 논 위에 그렇게 많던 논메뚜기 한 마리 볼 수 없고, 붕어 한 마리도 논바닥에 엎디어 있지 않다.

화학 비료를 너무나 많이 주고, 농약을 너무나 많이 쓰기 때문인가.

삼팔 이북에 두고 온 내 고향과 어린 시절의 낭만과 꿈을 되찾을 길이 없다.

나의 설움은 파아란 호수 위로 흰 물결과 함께 하느작거리며 흘러가는 것만 같다.

○

건너편 산 밑, 작은 마을 앞에 서 있는 소나무 위에서 까치 두 마리가 소리를 치며 날아가는 것이 보인다.

"아침 까치, 떡 까치"라던 늙은이들의 말씀이 또 생각이 난다.

이편 산 밑에 있는 작은 논에는 허수아비가 두 개 팔을 벌리고 서 있다.

새 한 마리도 없는데 허수아비는 무엇 하려고 세워 놨을까.

새들이 와주기를 기다려서, 팔을 벌리고 환영한다는 것 같기도 하다.

『수필문학』(1973. 8. 27)

코스모스

코스모스는 가을에 피는 꽃이다.

그래서인지 가을 하늘같이 곱고, 맑고, 높고, 외롭고, 또한 가련한 듯이 깨끗하기도 하다.

우리 땅에는 봄마다 산과 들에 진달래가 피어나서 이른 봄소식을 전해주기도 하고, 꽃동산으로 물들여 주기도 한다.

해방 전에는 그렇게 많이 볼 수 없었던 코스모스가 불국사를 중심으로 해서 철로 연도(沿道)와 고속도로변을 뒤덮을 듯이 피어난다.

'봄에는 진달래, 가을에는 코스모스'라는 구호가 나올 정도로, 코스모스가 들과 산에 퍼지고 있는 것은 하나의 기쁜 일이다.

> 코스모스 한들한들 피어 있는 길,
> 향기로운 가을 길을 걸어갑니다.

명랑한 코스모스의 노래가 아침저녁으로 라디오에서 들려나온다.

수줍어 보이고, 희미해 보이던 들국화를 뒤덮고서, 새틋하고, 환한 코스모스가 가을 하늘같이 우리의 마음을 즐겁게 해준다.

봄이면, 산과 들에 온갖 꽃들이 앞을 다투어 피어나지만, 코스모스는 들쑥대나, 싸릿대같이 민숭민숭 키만 자라는 하나의 잡초에 불과하다.

기나긴 여름의 비바람과 장마철도 다 지내보내고, 모기와 벌레들의 집 구실을 하면서 멋없이 검푸른 잎새와 쑥대와 같은 줄기를 뻗치고, 하늘을 향하여 키만 돋우고 자라난다.

10월에 들어서서 흰 구름이 개이고, 맑은 하늘이 높아져 가야만, 코스모스는 이제야 나의 세상이다 하고, 그 깨끗한 얼굴을 쳐들고 방긋이 웃음을 짓는다.

동이 트는 새벽에 코스모스가 피어 있는 길을 천천히 걸어가본다.

논둑에도, 밭둑에도, 시내 강변에도, 찬 이슬로 깨끗이 씻은 얼굴들이 샛별인 양 빛나고 빛난다.

철도역 내에 길게 뻗쳐 있는 코스모스의 밭을 바라보면, 지난 밤 된서리에 은하수가 몽땅 땅 위에 떨어졌나 하고 황홀해할 지경이다.

겹겹이 겹쳐 있지도 않고, 그저 소녀의 마음속같이 순진하고 담담하게 쌍을 지어서 여덟 이파리의 꽃잎이 조화를 이루어 있는 코스모스의 얼굴.

중앙선의 기차를 타고 탑리역(塔里驛)을 지나다가, 어떤 소녀 하나가 코스모스밭 속에 서 있는 것을 문득 바라보았다.

소녀는 천사와 같았고, 코스모스는 아기별들과 같았다.

또한 코스모스는 모두 작은 아기 천사들과 같이 빛났고, 소녀는 천사들의 여왕과도 같았다.

순진스러운 소녀와 같은 코스모스. 아, 참, 그렇게 맑고, 깨끗하고, 아름다움이 어디 또 있으랴!

더구나, 맑고, 높은 한국의 가을 하늘 아래서 피어나는 꽃이여.

모든 꽃은 다 시들고, 말라서 보기도 흉하게 떨어지지만, 코스모스는 꽃잎이 마르지 않고, 한 잎, 한 잎 깨끗하게 떨어진다.

여덟 잎 중에 여섯이 떨어지고, 두 이파리만 남은 모양은 흡사 나비가 꽃 속에 앉아서 한들거리는 모습이다.

코스모스의 원산지는 미주(美洲)라고도 하고, 멕시코라고도 적혀 있다.

또한 코스모스는 순결과, 조화와, 질서라는 뜻도 되지만 우주, 세계주의라는 넓은 뜻도 포함하고 있다.

씨뿌리기 운동을 펴서라도 산등성이 위에까지 코스모스를 활짝 피워 봤으면.

아름다워라!

그 맑고, 깨끗하고, 향긋한 코스모스여, 부디 이 강산을 모두 덮어주렴.

『현대문학』(1971. 10. 2)

석류

내 책상 위에는 몇 날 전부터, 석류 한 개가 놓여 있다.

큰 사과만 한 크기에, 빛깔은 홍옥(紅玉)과 비슷하지만, 모양은 사과와는 반대로 위쪽이 마르고 돈주머니 모양으로 머리끝에 주름이 잡혀 있다.

보석을 꽉 채워 넣고 붙들어 매놓은 것 같다.

아닌 게 아니라, 작은 꿀단지가 깨어진 것같이 금이 비끼어 터진 굵은 선 속에서는 무엇인가 보석같이 빤짝빤짝 빛나는 것이 보인다.

나는 가만히 앉아서 석류의 모양을 한참이나 물끄러미 바라본다.

매끈한 사과와는 달리, 무엇에 매를 맞았는지 혹과 같이 울툭불툭한 겉모양, 그 속에는 정녕코 금은보화가 꽉 채워져 있는 것 같은 모습이다.

나는 아까와서, 아까와서 석류 한 개를 놓고 매일같이 바라만 보고 있다.

행여, 금이 나서 터진 그 속을 쪼개 볼 생각을 하지 않는다.

보석 주머니 같은 이 석류 한 개를 구하기에 얼마나 많은 꿈을 꾸었나.

나는 그것이 꽃 피는 봄부터, 비바람이 부는 여름 장마철 속에서도, 또한 새맑은 가을 하늘에 추석 달이 기울 때까지도, 얼마나 오랜 나날을 그리운 정으로 보고 싶고 갖고 싶은 꿈을 꾸었나.

"할머님, 추석도 지나고 했으니, 이젠 그 석류를 하나 따주세요."

나는 석류나무집 할머니에게 이렇게 애걸했으나, 할머니는 또 더 기다려야 한다고 했다.

"아니, 약에 쓴다면서 벌써 따아? 찬 서리를 맞고, 터져서 금이 나야 약이 되는 거지! 가래도 잘 삭고, 오랜 해수병엔 특효지. 몇 날만 더 참아요."

이렇게 한 해에 철이 다 기울어져서야, 끝내 구해온 귀한 석류 한 개가 내 책상 위에, 내 눈앞에 고요히 놓여 있다.

○

석류나무는 소아시아가 원산으로 살구나무보다는 키가 작은 관상용의 낙엽 교목으로서, 이상한 꽃과 열매를 맺는 특성을 가진 나무다.

가지가 꾸불꾸불하고, 터실터실하고, 대추나무같이 삐쭉삐쭉한 가시 같은 메마른 작은 가지들이 이파리도 없이 여기저기 돋아나온다.

석류나무는, 물론, 목재도 될 수 없지만, 과실을 맺는 나무치고도 작은 편에 들고, 꽃도 열매도 많이 맺지 못한다.

그러나 그 꽃은 양귀비꽃같이 붉고, 아름답고, 꽃받침은 무화과와 같이 살진 누두형(漏斗形)으로 되어 있으며, 나중엔 석류의 귀한 과피(果皮)가 된다.

봄이 지나고, 장미의 계절이라는 6월이 되면 석류나무는 정열의 꽃을 피우기 시작한다.

장구같이 생긴 꽃받침 속에 선홍의 꽃잎으로 꽉꽉 채워서 그 둘레를 오붓하게 피어 나온다.

꽃도 되고 또한 열매도 되는 이 육중한 꽃은 7월의 장마로 반이상이 땅에 떨어져 어린애들의 손가락에 골무 노릇을 하기도 한다.

10월이 지나고, 하늘이 코발트색으로 높아가면, 주먹 같은 빨간 석류 열매들이 검푸른 이파리들 속에서 뻔쩍뻔쩍 빛나는 왕관을 쓴 듯이 빛나고 있다.

석류의 머리 쪽은 별과 같이 삐죽삐죽한 왕관의 모양을 하고 있고, 그것들이 가을의 된서리에 쭈그러지면 돈주머니를 잘라맨 듯한 모양을 한다.

8월의 태양과 뜨거운 더위에서 정열을 다 뿜어내지 못했는지 석류의 조롱박 같은 얼굴 위에는 매를 맞아서 부어오른 것같이 혹이 나와서 울툭불툭 매끄럽지가 않다.

○

나는 미국의 이미지스트인 여류시인 힐다 둘리틀[3]의 「더위(Heat)」라는 시 몇 구절을 연상해 본다.

---

3 힐다 둘리틀(Hilda Doolittle, 1886~1961). 『바다 유원지(Sea Garden)』 등의 시집이 있다.

HEAT

Fruit cannot drop
through this thick air –
fruit cannot fall into heat
that presses up and blunts
the points of pears
and rounds the grapes.

더위

이 짙은 공기를 통해서
열매가 떨어질 수 있을까 –
배들의 끝들을 뭉툭하게,
또한 포도알들을 동그랗게
치받쳐 올리는 이 더위 속으로
열매가 떨어질 수 있을까.

둘리틀의 「더위」라는 시를 읽으면, 모든 열매가 8월의 치받치는 더위 속에서 뭉툭하고 매끈하게 된다고 그 이미지를 그리고 있다.

그러나 석류는 열매 속에 무수한 보물의 정열과 생명이 꿈틀거리고 있어서, 그 겉모양까지가 울툭불툭 튀어나오다 못해서 찢어지고, 깨어져서 크게 금이 나지 않았나 하고 생각이 된다.

○

나는 석류를 손에 들고 깨어져 금이 난 그 속을 들여다보다가, 자수정 같고, 금강석같이 빛나는 속을 쪼개 본다. 벌집같이 오몽고몽한 갈피 속마다 빤짝거리는 보석 같은 석류씨(알)들이 꽉 차 있다.

수정 같고, 금강석 같은 석류알을 하나 떼어서 입에다 물고 혀로 굴려보면서 주요한 씨의 시집 『아름다운 새벽』에 실렸던 「앵두」의 일절을 생각나는 대로 한번 되새겨본다.

> 5월에 무르익은 앵두 한 알,
> 입에 넣고 터질까 봐
> 그냥 혀로만 굴려봅니다.

입에 넣고, 혀로 굴려보고, 씹어보는 그 맛.

입속, 가슴속, 머릿속까지 시원하고, 새틋한 그 맛.

○

온 여름의 뜨거운 태양과 가을의 된서리 속에서 과피가 터질 때까지 정열을 간직하고, 또한 터져나온 그 기개의 참되고, 아름다운 결정이여.

나는 책상 위에 쪼개 놓은 석류알들을 두루두루 바라보고 있다.

『현대문학』(1972. 7)

나무 · 기이(其二)

1

1946년 여름, 서울 남산 아래인 필동에 살고 있을 때 「나무」라는 열 장 정도의 짧은 수필을 한 편 초(草)했다.

나무에 대한 글을 하나 써보려고 마음먹고 있은 것은 거의 구 년째나 되었다.

가끔 나무에 대한 착상을 해보았으나 좀처럼 작품으로 구성이 되지 않았다. 그러던 중에 이상로[4] 씨가 『문화』라는 잡지를 창간하는데, 짧은 글 하나를 꼭 써달라고 졸라댔다.

처음에는, 시로 써보려고 했던 것을 좀 늘려서 수필로 쓴 것이 아홉 장 반의 짧은 산문이 되고 말았다.

---

4 이상로(李相魯, 1916~1973). 시인이자 수필가이며 언론인.

그때, 나는 안석영[5] 씨와 김광주[6] 씨와 셋이서 함대훈[7] 씨가 발행하고 있던 『문화일보』의 편집을 맡아보고 있었다.

한가한 틈이 있을 때, 김광주 씨가 경향신문사의 문화부장이었던 김동리 씨를 전화로 부르고 나서 한옆에서 독서를 하고 있는 여기자를 불러서 원고를 베끼라고 명령을 하였다.

원고를 다 베끼고 난 여기자는 원고를 갖고 밖으로 나갔다.

얼마 후에 여기자는 봉투를 하나 들고 들어와서 김광주 씨에게 주었다.

김광주 씨는 나를 보고 웃으면서 그 봉투를 나의 앞으로 던졌다.

봉투 속에는 백 환짜리 열 장이 들어 있었다.

"아니, 이게 웬 돈이야?" 물었다.

"응, 그거 나무 판 돈이야. 나무."

광주 씨는 웃으면서 더 설명하려 하지 않고, "술이나 한 잔 사아!" 하고 말머리를 돌렸다.

매일, 마시는 술값이 쪼들리던 때라, 내 「나무」라는 수필을

---

5 안석영(安夕影, 1901~1950). 본명은 안석주(安碩柱). 문인이자 삽화가이며 영화인.

6 김광주(金光洲, 1910~1973). 소설가로 『결혼도박』 등의 작품집이 있다.

7 함대훈(咸大勳, 1907~1949). 1926년 도쿄 유학 중에 김진섭 등과 해외문학연구회를 조직했으며, 러시아문학을 번역 · 소개했다. 『폭풍전야』 등의 소설집을 남겼다.

『경향신문』에다가 중매를 한 셈이었다.

한 번만 중매를 했으면 그만이었겠지만, 독서와 교정에 바쁜 여기자를 시켜서 광주 씨는 나의 「나무」를 갖고 장안에 나무장사를 펴놓았다.

그 후 그는 같은 방법으로, 서울신문사에서 발행하던 『서울주간』과, 심지어는 『농업은행회보』에까지 내 「나무」를 팔았다.

땔나무가 없어서 내 나무가 잘 팔렸는지, 선비들의 술값을 동정해서인지, 김광주 씨 바람에 본의 아닌 나무장수가 되어 버렸다.

그 다음 일 년 후에는 문교부에서도 나의 「나무」를 사들여서 중등 국어책에 실었으나, 술값 한 푼, 주문서 한 장 받지를 못했다.

문교부에서까지 나의 「나무」를 살 줄 알았더라면 더 잘 쓸 것을 하고 아쉬워하는 마음이 나무를 볼 때마다 느껴지곤 하였다.

2

그 후, 나는 『현대미국시선』을 만들기 위해서 미군 도서관에 드나들면서 1900년대 이후의 현대 미국시를 백여 편이나 수집해서 읽어보았다.

그중에서 나의 마음을 끌게 한 것이 조이스 킬머[8]의 「나무(tree)」라는 한 편의 짧은 시였다.

그의 시를 우리말로 옮겨도 조금도 어색하지 않은, 아래와 같은 곱고 감격적인 시였다.

나무

나무와 같이 사랑스러운 시는
내 한평생 다시 볼 수 없으리.

달콤한 젖이 흐르는 대지의 젖가슴에
목마른 입을 대고 있는 나무.

하루 종일 하느님을 바라보며
잎이 무성한 팔들을 들고 기도하며 섰는 나무.

여름에는 그의 머리털 속에
로빈(새)의 둥지를 이고 있고,

---

8 조이스 킬머(Joyce Kilmer, 1886~1918). 미국 시인.

비와 정다웁게 살아가는 그의 품에
흰 눈을 지니고 있는 나무

시는 나 같은 바보가 쓰지만
나무는 하느님만이 만들 수 있다.

Tree

I think that I shall never see
A poem lovely as a tree.

A tree whose hungry mouth is prest
Against the earth's sweet flowing breast;

A tree that looks at God all day
And lifts her leafy arms to pray;

A tree that may in summer wear
A nest of robins in her hair;

Upon whose bosom snow has lain;

Who intimately lives with rain.

Poems are made by fools like me,
But only God can make a tree.

킬머의 이 시를 읽은 후부터, 나무에 대한 나의 관심과 감상은 더 커갔다.

나무를 사랑하는 나의 마음은 더 커갔고, 더 깊어갔다.

그리고, 나무에 대한 글은 더욱 흥미 있게 읽었다.

외국잡지를 읽으면서 이런 문구들을 발견할 수도 있었다.

"나무는 집의 옷이다."

"나무는 그의 열매로써 알려진다."

"벌부(伐夫)여! 그 나무는 베지 말고 놔두라!
그 나뭇가지 하나도 다치지 말라!
내가 젊었을 때에는 그것이 날 비호했고,
지금은 내가 그것을 보호하련다."

이것은 조지 모리스[9]의 시의 1절이다.

유고슬라비아의 어떤 숲으로 들어가는 입구에는 게시판에 이런 문구가 적혀 있다고 한다.

> 나무를 찍지 말라!
> 나무는 당신들의 집을 짓는 재목이 되고, 상(床)과, 의자와, 옷장과 침대를 짜는 가구들의 재료가 되고, 당신들이 죽을 때에는 육신이 잠들 수 있는 목관이 되어줍니다.

이런 것들은 우리의 육신 생활에서 나무의 유익한 바의 일부를 설명한 것이다.

3

나무는 우리들의 정서생활에서도 없어서는 안 되는 아름답고 유익한 존재다.

나무를 싫어하는 사람은 없을 것이며, 나무의 꽃과 열매를 고

---

9 조지 모리스(George Pope Morris, 1802~1864). 미국의 시인이자 저널리스트.

와하고, 감사하지 않을 사람은 없을 것이다.

세상에 있는 모든 생물은 땅도 귀해하고, 공기도 물도 다 필요로 하지만, 나무가 없이는 만족한 생활을 유지해 나갈 수 없을 것이다.

요사이, 시를 쓰는 김녹촌[10] 씨가 놀러와서 나무에 대한 이야기를 자주 했다.

나도 그에게 나무에 대한 나의 심정을 이야기하기도 하고, 앞에 보여준 조이스 킬머의 시를 읽어주었다.

그는 그 시를 좋다고 여러 번 읽어보고는, 그 시를 종이에 적어 갔다. 그도 나무에 대한 시를 벌써부터 착상 중이었다고 말했다.

며칠 뒤에, 그는 이러한 고운 시 한 편을 써 왔다.

포플러나무

하늘 쓰는 포플러나무 이파리에선
언제나 여울물 소리.

10 김녹촌(金鹿村, 1927~2012). 본명은 김준경(浚環). 전남 장흥 출신의 아동문학가로 포항의 초등학교에서도 교편을 잡았다.

동그란 조약돌 씻어내리는
해맑은 여울물 소리.

수천 마리 붕어떼, 피라미떼,
여울물 거슬러 치달아 오르고.

더러는 햇빛에 뛰어올라
하얗게 배때기 반짝거리는 놈들.

우리 집엔 연못도 강물도 없어도
항상 여울물 고기떼 오르는 소리.

이 시는 아름다운 이미지를 갖고 있는 고운 시다.

포플러를, 하늘을 깨끗하게 쓸어주는 한 자루의 빗자루로 보기도 하고, 이파리들이 마주쳐서 소리를 내는 것을 여울물 소리에 비기기도 하고, 이파리들이 움직이는 모양을 붕어떼와 피라미떼가 여울로 거슬러 뛰어오르는 이미지로 표현한 것이다.

이와 같이, 시인들은 나무의 아름다움과 신비스러움을 즐겨서 노래했고, 가보면 아무 생물도 없는 달 표면에도 계수나무가 있을 것을 상상하고서 노래하기도 했다.

인간이 달을 정복하고 달 위에는 아무 생물도 존재하지 않는다는 사실에 직면했을 때, 우리는 달에 대한 모든 낭만이 일장춘몽같이 사라져 없어졌다고 탄식하였다.

그러나 오히려 나는, 달 위에는 아무 생물도 없다는 실망적인 사실보다도, 이 작은 지구덩이야말로 가장 아름다운 낙원인 것이라고 생각하였다.

또한 유토피아가 될 수 있는 아름다운 유성의 하나인 것이라고 생각하였다.

과학자들은 지금 또 화성을 정복하려고 하고 화성에는 생물이 있을 것이라고 믿는 과학자도 많다.

화성에도 아무 생물이 없다는 사실이 드러난다고 하여도 우리는 또다시 실망할 필요는 없을 것이다.

지구 위에는 사막과 암석과 도로와 건물들을 빼놓으면 풀과 나무로 덮여 있고, 옷 입고 있는 것이다.

언젠가는 사람도, 나무도 다 달나라와 화성으로 올라갈 날이 오지 않으려는가.

나는 앞으로도, 나무에 대한 관심과 사랑을 갖고 더욱더 지켜

보고 이야기해보고 싶다.

『대구매일신문』(1961. 6)

한여름 대낮의 움직임과 고요

1

8월 8일.

절기는 입추인데, 갑자기 수은주는 30도에서 36도를 가리킨다. 36도도 높은 온도이지만, 습도가 덩달아 80도 위로 오른 모양이다.

사방의 창문을 다 열어놓았는데도 맨몸에 바람 한 오라기 스치지 않는다.

그냥 고요하고, 무덥기만 하다.

동이 트려고 희멀끔해 오는데, 참새 소리조차 들려오지 않는다.

방안에 켜놓은 전깃불이 바깥보다 밝고, 시계는 4시 10분, 아직 라디오 소리가 나올 때가 되지 않았다.

바닷가에 살아온 지 이십여 년, 요새는 탑산을 넘어서 대성사로 산책하는 것으로 일과를 삼았으나, 오늘과 같이 조용한 날엔 고요한 바다 위를 떠오르는 해가 보고 싶다. 남방셔츠를 주워 입고 바다로 나간다.

송도의 다리를 건너고, 새로 심은 플라타너스들을 눈여겨보면서 영일만 사장(沙場)에 이르렀다.

회색 벨벳을 깔아놓은 듯한 질펀한 바다 저쪽 수평선 위에는, 복숭아 알의 꼭지같이 연분홍색의 고운 빛이 서리어 있어, 깨끗하고 새맑기 한이 없다.

또한, 서늘한 바람, 세상에 갓 낳은 아기가 느낄 듯한, 소리도 움직임도 없는 시원한 바람이 폐와 심장과 장 속에까지 스며드는 것만 같다.

이렇듯, 숨을 쉬고 피가 돌고 있는 하나의 움직이는 조직체인 나의 눈앞에는 하나의 기적과 같은 경이의 세계가 소리 없이, 고요히 전개되었다.

둥글고 빨간 태양이 찬란한 빛을 사방과 온 누리에 떨치고, 머리를 들고 올라오는 것이다.

장밋빛 태양은 어느덧 황금빛으로 퍼져나가고, 금시에 또 빛과 열을 퍼부어서, 쳐다볼 수도 없는 광휘 있는 태양으로 대지

위에 군림하는 것이다.

2

한창 여름인 뜨거운 대낮에, 이글이글 작열하는 태양 아래, 움직임도 별로 없는 작은 연못을 찾아서, 고요한 물 한가운데에 낚싯대를 드리워 놓았다.

농립모자를 꿰뚫는 태양볕은 자꾸만 머리를 수그러지게 하는데, 물 위에 떠 있는 빨간색의 깜백이(부표)가 움직이는 것 같아서 눈은 피곤한 줄도 모르고 불을 켜고 있다.

물 밑에 있는 고기는 몇 놈이 놀고 있는지, 또는 풀 속 샘구멍에서 서늘한 낮잠을 자고 있는지, 내 알 바 아니지만, 곧은 낚시가 아닌 까부라진 낚시 두 개로 고기를 속여서 잡아보려는 나의 취미가 그리 좋은 것이 못 된다고 생각이 된다.

그저, 태양볕으로 목욕을 하고, 더위를 잊고, 한가한 시간을 죽여보자는 생각뿐이다.

깜백이는 그냥 고요함을 지키고 있으나, 나의 눈의 피와 머릿속의 피는 그대로 쉬지 않고 움직이고 있는 모양이다.

지렁이를 두 동강이로 끊어서 죽이기가 끔찍하고 애처로워서 낚시질을 하지 않았다는 소년 시절의 슈바이처의 전기를 읽던 생각이 떠오른다.

The sun shines even on the wicked.

악한 자에게도 태양은 다 같이 볕을 펴준다.

로마의 시인 세네카의 시구도 떠오른다.

3

파리 한 마리가 귀밑을 윙 하고 지나가면서 태초의 고요를 깨뜨린다. 마치 B52 폭격기 한 대가 지나간 듯하다.

또 소금쟁이 한 마리가 고요한 수면 위에 S자를 그린다.

어느새, 깜백이 위에도 고추잠자리 한 마리가 날아와 앉아 있다.

갈대잎 그늘 속에는 사지를 활짝 벌리고 큰 개구리 한 마리가 두 눈을 헤드라이트같이 불룩 뜨고 죽은 듯이 떠 있다.

깜백이가 움직인다.

잠자리는 날아서 뜬다.

깜백이가 고요해진다.

잠자리는 그 위에 또 와서 앉는다.

깜백이가 움직이고, 또 잠자리가 날아간다.

나도 모르게 가슴속이 떨리고, 손가락이 낚싯대를 잡았다고 생각될 때, 어느덧 내 팔이 올려졌고 낚시에는 새끼손가락만 한 피라미 한 마리가 파닥거린다.

허허 웃으면서 피라미를 빼내어 다시 물속에 던진다.

어디서 난데없이 찰랑 하는 소리가 들려온다. 큰 잉어가 뛰는 소린가 하고 고개를 돌렸더니 제비 한 마리가 목욕을 하는 소리다.

지금 한창, 하늘과 땅 위에는 모든 생명의 성숙을 위해서, 광휘 있는 태양이 이글이글 작열하는 뜨거운 햇볕을 온 누리에 덮어 씌워주고 있다.

『수필문학』(1971. 8. 8)

가을의 숲속을 거닐며

나는 황금의 들판길을 지나고 작은 언덕을 넘어서 이름 모를 숲속을 혼자서 거닐고 있다.

위병(胃病)에 좋다는 약수터를 찾기도 하고, 시원한 가을의 들판과, 산과, 숲이 그리워서 혼자서 나온 것이다.

벼 향기 그윽한 논둑길을 십여 리나 걸어서, 작은 골짜기에 맑은 물이 흘러내리는 숲속으로 들어가서 작은 바위 위에 앉아 쉬기도 한다.

바위는 식어서 차기도 하지만, 한가위가 지난 오후의 바람은 더할 나위 없이 시원한 감촉을 피부의 속까지 스며들게 한다.

느리게 흘러내리는 물은 맑고 고우나 아무 소리도 없다.

섶나무숲의 그늘이 드리워져서 물 밑에 굵은 모래알들이 비쳐 보인다.

들여다보아도 얕은 물이니 송사리 한 마리 있을 리 없고, 큰 돌들 틈서리에는 가재들이 엎디어 있을 것 같다.

이 고요한 숲속에는 고즈넉함이 있을 뿐이요, 외로움은 없다.

가만히 혼자 앉아서 바라다보면, 돌도 바위도 무엇인가 이야기하는 듯하고, 대숲과 솔숲과, 밤나무숲도, 이러한 고요 속에서도, 무엇인가 나에게 소곤거리고 있는 것 같다.

소리 없이 흐르는 냇물도, 풀이파리 하나 흔들지 않고 지나가는 가을바람도 무엇인가 나의 귀에 소곤거리고 있는 것 같다.

자연은 참되고 거짓이 없다.
거짓이 없기에 곱고 또한 아름답다.

이러한 자연의 숲속에 홀로 앉아 있는 나의 존재가 한낱 부끄럽고 송구할 뿐이다.
약하고 부질없는 나의 마음, 도시의 공해 속에서 허약해진 나의 건강, 이젠 다만 흘러가는 냇물과 지나가는 바람과 같이 사라질 뿐이다.

> "사람은 흙에서 나오는 것을 먹고 살다가 또다시 흙으로 돌아간다."
> "사람이 죽으면 한 삼태기의 흙이 되고, 한 간의 담벼락

을 바르기에도 부족하다."

이러한 셰익스피어의 말귀가 눈과 귀를 통해서 가슴 한복판까지 스며드는 것 같다.

소리가 없는 데서 무수한 소리를 들을 수 있는 가을의 숲속은 조금도 외롭지 않다.

푸른 이끼가 돋아 있는 바위 위의 기울어진 햇빛 속에는 잿빛 잠자리 한 마리가 아무 소리도 움직임도 없이 고요히 앉아서 쉬고 있다.

내 나이 20대에 뉴욕시를 흘러내리는 허드슨강가에서 잿빛 잠자리 한 마리가 누런 잔디 위에 풀기 없이 앉아 있는 것을 바라다본 일이 있다.

그때, 나는 한창 젊은 나이였는데도 가슴이 막히는 듯한 깊은 향수에 젖어버린 일이 있다.

그러나, 육십이 넘은 오늘의 나는, 저 풀기 없이 앉아 있는 잠자리를 볼 때, 또 무엇을 느낄 수 있는 것일까.

그것은 내가 떠나온 이북 고향에 대한 향수가 아니라, 일생을 살아온 인생의 향수가 아닌가.

젊은이들이 느낄 수 없는 인생의 향수, 그것은 하나의 병이고, 한탄이 아닐까. 숙명에 대한 한탄이 아닐까.

내가 슬며시 바위에서 일어서자, 지팡이를 짚고 언덕을 넘어오는 어떤 노인의 발자국 소리가 들려온다.

고요를 깨뜨리는 자갈길 위에 그의 발자취 소리는 고요한 밤의 우레 소리와 같이도 요란하다.

산천이 떠나가는 듯한 소음과 같이 나의 귀를 때린다.

"약수터 가오? 물맛이 참 차고, 시원해요."

노인은 나를 지나치면서 한 마디를 건넨다.

마치 딴 세상에서 들려오는 듯한 거쉬인 목소리다.

"그래요? 사람들이 많습디까?"

"부인네 두어 사람이 있습디다."

그는, 말끝에 기침을 두어 번 하고, 지팡이를 끄는 소리와 함께 사라진다.

해가 기울어서 어둑신한 언덕길을 쳐다보면서, 나는 소리 없이 걸어 올라간다.

『수필문학』(1972. 10. 10)

눈

아침부터 눈이 내린다.

한 이파리, 한 이파리 하이얀 눈이 무슨 잔벌레인 양 뒷산을 넘어오는 찬바람을 타고서 날아가고 날아온다.

세상은 온통 하루살이 벌레들의 무늬로 물들고 있는 듯하다.

크게 확대해서 볼 때에는 별 모양도 하고, 꽃 모양도 한다는 그림을 언젠가 한번 보았기에, 날아오는 그 한 놈을 손바닥 위에 잡았더니, 볼 사이도 없이 그만 물방울이 되었다가 풀어진다.

한 이파리씩 내리던 눈이 펑펑 하늘을 덮고 쏟아진다.

뺨을 때리고 스치는 눈도 그리 찬 것 같지 않다.

사실, 눈은 찬 것이 아닌가 보다.

산과 들을 덮어주고, 그 속에서 꿈틀거리고 있는 모든 생명을 따뜻하게 감싸주는 커다란 이불 같은 사명을 지니고 있는 것이 눈이 아닐까.

눈은 따뜻하고, 하얀 솜 같은 이불이다.

4월의 아늑한 대기와 흐뭇한 바람과 따스한 태양을 꿈꾸면서 쫑긋이 가지 위에 앉아 있는 꽃움들을 눈은 흰 이불로 고요히 덮어준다.

8월의 태양을 꿈꾸면서, 하늘 높이서 떨고 섰는 포플러의 움들과 수양버들의 움들도, 눈은 다 같이 흰 이불로 따뜻하게 덮어준다.

눈은 푸른 대와 파아란 솔잎들 위에도 사뿐사뿐 내려앉아서, 그 희고, 맑고, 깨끗하고, 밝고, 부드럽고 고운 꽃송이들을 피워놓는다.

젊은 솔에도, 늙은 솔에도 하이얀 꽃들이 피어난다.

산에, 산에, 들판에, 푸른 대에, 또한 푸른 솔에, 그 맑고, 희고, 고운 꽃송이들이, 눈송이들이 피어나고, 커가고, 빙그레 웃다가, 그만 불어오는 바람에 휘날려서 흩어진다.

흩어지고 피고, 피고 흩어지고, 눈은 온종일 소리 없이 내린다.

눈은 또한 먼 뜰 앞, 언덕 위에 깔린 누런 잔디 속에서 꿈틀거리고 있는 벌레들과 벌레의 알들도, 다 같이 흰 이불로 고이 덮어준다.

냉이와 달래의 속잎도, 민들레와 할미꽃의 가는 뿌리도, 눈은 다 같이 따스한 이불로 가리어준다.

지금.
오늘의 사명을 다 마친 듯이, 눈은 소리 없이 그친다.

산에, 벌에, 나무 위에, 또한 지붕 위에, 흰 눈은 온 누리를 덮었다. 참으로 커다란 이불이다.

지금.
이 희고, 맑고, 깨끗하고, 따뜻한 이불 위로 불긋한 겨울 해가 천천히 언덕을 넘어가고 있다.

칠색의 무지개와 같은 아롱진 빛을 이끌고 흰 이불 위에 비스듬히, 또한 기다랗게 수를 놓으면서 겨울의 차가운 태양은 그의 얼굴을 감추고 있다.

깃으로 찾아가는 까마귀들의 떼는 흰 이불 위에 유달리도 더 검어 보인다.

『수필작법』(1973. 10)

「눈」을 쓰고 나서

영남, 특히 동해변인 포항에는 눈이 잘 내리지 않는다.

한겨울에 두어 차례 눈이 내리나 곧 녹아버리고 만다.

1955년 겨울에는 유달리 눈이 많이 내려 쌓였고, 몇 날을 두고 녹지를 않았다.

겨울이면 눈 속에 싸이는 평양을 고향으로 갖고 있는 나는 고향에서 보내던 어린 시절의 겨울을 회상해 보았다.

그리고 '눈'을, 또한 '눈'의 미감을 표현하고 싶었다.

시의 형식으로도 얼마든지 표현할 수 있지만, 시를 쓰는 정신을 갖고 산문으로 표현해 보았다.

물론 산문도 시의 정신이 없이는 예술적인 문장이 될 수 없다.

시가 산문을 줄여서 그 정수를 결정하는 것이라면, 산문은 시를 늘리고 늘려서 살을 붙이는 것이라고 생각한다.

수필은 확고한 형식이 없어 '붓이 가는 대로', '제멋대로' 쓸 수 있다고 생각하는 이들이 있는 것 같다.

그러나 어떤 작품을 막론하고 그 주제가 없이는 성립할 수 없을 것이다.

눈과 인생과의 관계를 철학적으로 깊이 파고들어 가면, 그것은 딱딱한 논문이 되고 말 것이다.

문학과 과학의 분야는 엄연히 구별되어 있다.

나는 문학적인 입장에서 눈을 관찰하고, 직관력으로써 눈을 표현해 보았다.

그러나, 나의 '눈'은, 눈이 대자연의 일부로서 갖고 있는, 그 소재의 극히 작은 부분만을 관찰한 데 불과하다.

좋은 상(想)과 좋은 문장은 무한한 노력으로써만 얻을 수 있다는 것을 늘 느끼고 있을 뿐이다.

『수필작법』(1973. 10)

봄의 화단

1

금년의 봄은 캘린더에서 찾지 않고, 피부에 감촉되는 기후로써 찾을 수 있었다.

수십 년 만에 찾아온 난동(暖冬)이라서, 동지도 소한도, 또한 대한도 모두 봄날씨같이 지나갔고, 아침저녁으로 싸늘한 봄바람이 일어날 정도로 입춘을 지내 보낼 수 있었다.

"겨울에는 좀 추워야 겨울다운 맛이 있지!"

젊은 사람들은 가끔 이런 말을 하지만, 육순이 넘은 나에게는 다행한 일이었고, 감기 한 번 안 걸리고 지낸 것이 얼마나 기쁜지 모를 일이었다.

평양(고향)에 있을 때도 어린 시절에 이러한 난동을 지낸 일이 있었다.

"옛날엔 동짓날에도 팥죽을 쑤어먹고 밭을 갈 수 있었다는데,

올해 겨울철이 그렇게 따뜻하군!"

이렇게 할아버지가 말씀하시던 기억이 되살아나기도 했다.

사시상하(四時常夏)의 하와이를 잠시 보고 온 뒤부터는, 겨울이 되면 늘 하와이로 가고 싶은 생각이 간절했다.

그러나 하와이로 피한(避寒)할 수 있는 팔자도 못 타고났기에, 삼천포나 충무의 따스한 해변으로 가서 바둑돌같이 깔려 있는 섬들을 바라보며, 춥지 않은 겨울을 보내려고 남해 여행을 여러 번 꿈꾸었다.

가사에 바쁘기도 하고, 몹쓸 추위도 오지 않아서, 남해 여행은 꽃 피는 4월로 미루고 말았다.

2

오늘은 경칩이니 대동강은 물론이고, 금년엔 압록강도 풀렸을 것이다.

아내는 아침부터 화단에 묻어놓았던 동치미 김치독 두 개를 파내고 화단을 정리하기 시작했다.

폭이 석 자요, 길이가 서른 자가량 되는 기다란 꽃밭이 마당 한편에 놓여 있다.

아주 작고 기다란 화단이지만 우리 집에서는 하나의 농원과 같은 구실을 하고 있다.

한편 끝에는 이십 년이 넘은 무화과나무가 높이 서 있어서 큰 이파리로 우리들의 눈에 푸름을 즐기게 하고, 해마다 수백 개의 열매를 맺어주었다.

신경통에 좋다는 이 열매를 소주와 함께 담아서 브랜디를 만들기도 했다.

또 다른 한편 대문 안에는 십 년생의 포도나무가 있어서 수백 송이의 포도를 구경할 수도 있다. 과수원을 갖고 있던 나의 취미의 한 가닥이 남아 있는 셈이었다.

작년에 큰아들이 얻어다 심은 두 그루의 은행나무 묘목과, 한 그루의 호도나무와, 이파리가 넓은 벽오동 한 그루가 묘판자리 마냥 좁은 자리에 서 있다.

크고, 넓은 집을 장만하게 되면 옮겨 심겠다는 희망이지만, 쉽사리 그런 희망이 실현되지 않았다.

아내가 담 안에 사다가 심은 덩굴장미 세 그루도 삼 년이 지났는데 벌써 담 위를 넘겨다보고 있다.

모란도 한 그루, 다알리아들도 구근(球根)에서 봄마다 돋아나온다.

화분도 수십 개가 있지만, 거의 다 사막에서 자라는 선인장계

라서 과동(過冬)하기에 손이 많이 갔다.

3

일년초라 하지만 여러 가지의 꽃나무가 계절을 따라서 우리의 눈을 즐겁게 해주었다.

아침에 피는 나팔꽃, 또는 해가 질 무렵에 피어나는 자줏빛이나 노오란 분꽃들이 우리의 눈을 아침저녁으로 기쁘게 해주었다.

더운 여름부터 늦가을까지 붉게 피는 샐비어는 씨를 뿌리지 않아도 봄마다 수없이 돋아나온다.

서리가 오는 늦가을에도 피는, 코스모스와 국화도 잊지 않고 가꾸어야 한다.

4

꽃은 곱고, 아름답다.

꽃은 생명의 표현을 담은 얼굴이다.

꽃은 웃고, 또한 소리 없이 말한다.

꽃은 어린애들도 알아들을 수 있는 말을 해주고, 또한 어여쁜 웃음을 머금어 준다.

『대구매일신문』(1973. 4. 6)

봄의 숨결

1. 흙 날라 길 손질

길은 우리의 핏줄과 같고 배 속에 있는 어린애의 배꼽줄과 같다.

농부들은 잔디의 새싹이 나오기 전에 길을 넓히고, 쌓고, 메우고, 고쳐야 한다.

어린애가 자라면 그 핏줄도 커지고 넓어지는 것같이, 마을이 커지고 농토가 넓어지면 농로도 커지고 넓어져야 한다.

농부들은 오늘도 새봄의 따스한 햇볕을 받으면서 흙을 나르고, 길을 고치기에 바쁘다.

흙은 길을 고치는 데도 필요하고, 오래 두고 화학비료로 갈아먹던 밭에도 필요하다.

산성이 과다한 위 속 같은 밭 위에 새로운 흙의 객토가 더없이 필요하다.

"사람은 흙에서 나오는 것을 먹고 살다가, 또한 흙으로 돌아간다."

농부 한 사람은 이러한 생각에 잠겼는지, 담배 한 대를 꺼내서 손에 쥐고 있다.

"사람은 죽어서 흙이 되고, 그 흙은 한 간의 담벽을 바르기에도 부족하다."

이러한 셰익스피어의 말이 연상된다.

2. 독장수 아낙네들

독을 짓는 늙은이들은 집에서 독 구이에 바쁘다.

아낙네들은 지은 독들을 손마차에 실어서 가까운 시장으로 팔러가야 한다.

단백질이 무엇인지 그 명사조차 알지 못하던 그 옛날, 옛날부터 우리의 조상들은 콩으로 메주를 쑤고, 고추장, 된장, 간장을 담가 먹을 줄 알았다.

고기도, 달걀도 먹을 수 없던 옛날부터 된장국과 산채국으로 건강하게 살아올 수 있었다.

그러나 같은 콩으로 메주를 쑤고, 장을 담그는 데도 그 기술과 노력 여하로써 장맛이 좋고 나쁜 차이가 생긴다.

그 기술과 노력의 하나로, 장을 담그는 적당한 시기를 놓치지 않아야 한다.

새봄이 오는 전후에 장을 담가야 한다.

어떤 독을 골라서 장을 담가야 하나.

큰 독에 하나, 혹은 작은 독에 여러 개를 담가야 할까.

장독은 분명히 새봄의 맛을 지니고 있지 않은가.

3. 항구의 새벽 장

어둡고, 춥고, 기나긴 겨울밤을, 거칠고 황량한 바다 위로, 어부들은 길도 없이 그물을 끌고 밤이 새도록 헤매야 한다.

하늘과 바다를 분간할 수도 없이, 반짝이는 별빛으로 무늬를 놓은 수면 위를 어부들은 작은 배와 그물을 끌고 밤이 새도록 헤매야 한다.

출렁대는 바닷속, 백 미터나 되는 바다 밑을 그물로 끌어서 게와 문어와 새우와 광어 등을 훑쳐 올려야 한다.

어부들은 생명을 내걸고 매서운 바람과 거친 물결과 싸워야 한다.

뜨거운 태양과 찝찔한 해풍에 그을은 그의 얼굴과 팔뚝은 구릿빛 동상과 같이 굳세다.

그들이 싸워 얻은 고기들은, 아내들의 머리로 시장으로 옮겨져서, 많은 사람의 식품이 되고, 또한 길흉대사에 주요한 역할을 한다.

하느님은 들과 바다에 많은 식량을 쌓아놓고 우리의 노력을 보상해 주신다.

이 봄에도 꾸준히 굳세게 살아야 한다고 바다는 항상 우리를 부른다.

4. 바다는 더운 입김을

겨울의 바다가 성을 냈나!

등을 스치는 찬바람에 소스라쳐 더운 입김을 뿜어내는가!

바위틈에서 사색을 하고 있는 고기떼를 몰아내고, 미역, 바위에 자라는 해초들을 휘감아 팽개친다.

한 줄기의 해초도, 한 이파리의 미역도 다 귀하게 필요로 하는 어부들은 갈퀴를 갖고 모두 주워내야 한다.

바다의 몸부림에 떨어져 나오는 미역 줄기가 짧으면 흉년, 길면 풍년이라고 어부들은 탄식도 하고, 기뻐도 한다.

"금년엔 미역이 풍년이다!"
긴 미역 줄기를 갈쿠리에 걸어들고 어부 한 사람이 기쁜 얼굴로 소리를 지른다.

바다는 더운 입김을 뿜어서 해초들을 자라나게 하고, 들과 산에서 돋아나오는 봄나물과 함께 바다의 햇나물을 우리들에게 공급해 준다.

『대구매일신문』(1972. 3)

신록의 동화사

한 주일에 한 번씩, 아침 일찍이 버스를 타고 포항에서 대구로 고속도로를 달리는 것은 나에게 하나의 즐거운 산책과 같은 것이다.

운전사의 바로 뒤, 맨 앞자리에 앉아서, 아무 이야기의 상대자도 없이 혼자 타는 것이 흡사 숲속을 혼자서 걸어가는 느낌이다.

버스를 탈 때마다 나는 운전사의 얼굴과 나이를 살펴본다.

그의 운전 경험의 길고 짧음과 운전하는 성격 등을 짐작해 보고야 안심할 수 있기 때문이다.

커브를 돌 때, 앞차를 추월할 때, 앞차와의 거리 관계나, 기어를 바꾸는 때의 민첩성이나 속도의 조절과 안전성의 여하를 지켜본다.

무엇보다도 안전제일의 모든 규정을 따라서 침착하게 운전하는 것을 보고서야 나는 비로소 운전사를 신뢰하고 마음을 놓을 수가 있다.

○

버스 안에 홀로 앉아서, 한 발자국 걷지 않아도, 나는 산책을 하고 있는 기분을 느낀다.

수백 리나 되는 길을 한 시간에 달릴 수 있고, 수많은 산봉우리와 숲과 들을 볼 수 있고, 또한 그것들의 새맑은 내음을 맡을 수 있기 때문이다.

버스의 창을 통해서 산기슭을 내다본다.

진달래가 불긋불긋 피어 있던 골짜기에는 어느덧 싸리들이 파랗게 자라올랐고, 안개같이 하이얀 아카시아꽃들이 떨어진 뒤끝에 별 모양의 밤꽃들이 한창이다.

밤꽃이 떨어질 무렵에는 장마가 진다고 하고, 또한 이 무렵에 봄누에고치가 수확되기 때문에 '고치장마'라고 부른다고 하던 늙은이들의 말이 생각난다.

들에는 아침부터 모심기가 바쁘다.

"햇병아리 울음 울기 시작할 때가 제일 바쁘다"던 농부들의 이야기가 생각난다.

○

오늘 오후에는 동화사로 구경 가기로 약속한 날이다.

최정석[11] 교수가 몇 번이나 동화사 자랑을 하면서 주말마다 놀러가기를 권해서 한번 가보기로 한 것이다.

포항에서 온 동화작가 손춘익[12]과 최성소[13] 기자와 또 나와, 대구의 도광의[14] 시인과 최정석 교수가 동화사에 이른 것은 해가 질 무렵이다.

석양의 노을이 꾸불꾸불한 계곡으로 흘러내리는 백수(白水)에 비쳐서 황금색 무지개가 아롱거리는 것 같다.

높은 산이 있으면 험준하고도 아름다운 계곡이 있기 마련이다.

그동안 가뭄이 계속해서, 흐르는 물이 적고, 물소리가 너무 가냘프다.

차를 타고 왔기 때문에 팔공산의 봉우리들을 바라볼 수가 없었다.

지금 쳐다보아도 나무숲의 이파리들이 우산같이 내리덮여 있어서 하늘도 보이지 않는다.

---

11 최정석(崔井石, 1924~). 대구가톨릭대학교 국문과 교수를 역임했다.

12 손춘익(孫春翼, 1940~2000). 포항 출신의 아동문학가이자 소설가.

13 최성소(崔性韶, 1938~). 『조선일보』 기자로 활동했다.

14 도광의(都光義, 1941~). 시인이며 『그리운 남풍』 등의 시집이 있다.

약방, 다방, 음식점, 여관 등으로 소도시를 이룬 상가를 지나서 꾸불꾸불한 언덕길을 추어 올라간다.

어둠이 아주 덮여서 얼룩진 좁은 길 위를 초파일의 미월(眉月)이 첫눈이 내린 밤같이 으스름하게 밝혀준다.

계곡을 가로하여 매어달린 출렁다리(弔橋)를 타고 건너가서, 제일산장의 마당을 들어선 때는 방안의 전등이 밝을 때다.

○

불을 넣지 않은 넓은 방에 둘러앉아서 찬술을 마시는 것은 나에겐 그리 좋지 않다.

그러나 젊은 작가와 시인이 열을 내어서 인생을 탓하고, 예술을 논하고 있는 모습은 나를 흐뭇하게 하고, 젊게 해주어서 좋다.

(인생은 늘 탓하다가 죽어야 하나.

욕구불만은 인생의 영원한 숙명적인 환경인가, 본능인가.)

그들의 떠드는 소리에 지쳐서 최 교수와 나는 한편 자리에 눕는다.

잠이 든 듯 만 듯해서 여울의 맑은 물소리에 눈을 떴다.

햇빛은 창에 비치지 않았으나, 날이 훤히 창에 비친다.

마당에 나가서 계곡을 굽어내려보고, 산 위를 쳐다보았으나 검푸른 구름같이 덮인 나무숲 때문에 훤한 하늘만 길게 깨어져 보인다.

기지개를 켜고, 두 팔을 벌리고 심호흡을 몇 번 해본다.

공기가 이렇게 맑고, 달고, 새뜻할 수가 있을까.

고원 지대에 살고 있는 사람들이 건강하게 오래 살 수 있다는 이유도 알겠다.

○

조반 식사를 하고, 계곡을 건너고, 꼬불꼬불한 숲속의 언덕길을 넘어서 약수도 마시고, 동화사에 발을 들여놓는다.

절의 이름과 같이 오동이 많은가 해서 휘둘러보았으나 십 년이 넘었을까 생각이 되는 오동이 한 나무, 바로 정문 앞에 서 있을 뿐이다.

대웅전 안에 모신 부처님의 머리 위에는 두 마리의 봉황새 모양의 목각이 매달려 있다.

최 교수는,

"저것은 봉황이 아니고 이집트 신화에 나오는 불사조로서, 인도의 불교를 통해서 온 불사조의 정신을 상징한 것이오. 다른 목각에서는 볼 수 없는 것이오."

이렇게 설명한다.

나는 서기 오백 년대에 창건하였다는 이 고찰의 숭고하고, 우아함에 감복하지 않을 수 없었고, 선조들의 청렴한 정(情)을 또 한 번 느껴 본다.

돌다리 위에 있는 꼬부라진 언덕 위에 올라서서야 팔공산의 첩첩이 솟아 있는 산봉우리들을 쳐다볼 수 있다.

멀리서 바라보면 팔공산은 한 마리 큰 황소가 쭈그리고 앉은 것 같았는데, 지금 그의 발뿌리에서 쳐다보니, 그 장엄하고 아름다움은 싱싱한 검은 머리를 한 강계처녀(江界處女)와 같은 자태이다.

푸른 숲으로 뒤덮여 있는 푸른 품속에서 이름 모를 새소리가 간간이 들려온다.

밀화부리의 소리와 같기도 하고.

나의 귀를 이렇게 즐겁게 해줄 수가 있을까.

도시의 공해 속에서 귀가 멀고, 눈이 흐리고, 가슴이 답답했던 모든 병해(病害)가 한꺼번에 풀리는 것 같다.

참으로 시원하다.

내 귀에 익은 까치 소리와, 이따금 들려오는 뻐꾸기 소리를 들으면서 우리는 시내로 돌아온다.

상공 도시인 대구 시민들의 보물이요 생명의 호수인 팔공산의 계곡을 다시 밟기를 기약하면서, 우리들은 마음이 흐뭇해서 돌아온다.

『대구매일신문』(1973. 6. 17)

5월의 중앙선

— 경주에서 안동 —

5월 17일

오전 9시 42분, 경주역에서 청량리행 기차를 탄다. 안동의 어떤 학교에서 근무하고 있는 아내를 찾아가기 위함이다.

전에도 중앙선 기차를 수십 번 타본 적이 있었지만, 특급이나 급행차는 거의 없고, 사람을 짐짝처럼 싣고 가는 만원 열차라고 할 만한 것뿐이다.

낡고, 기울어진 교의(交倚)에 세 사람씩 앉고도, 자리가 없어서 서 있는 사람이 많은 것이 보통인데, 오늘은 맨 앞차에 가서 두 사람이 앉아 있는 자리의 한 모퉁이를 겨우 얻어서 엉덩이를 붙인다.

복선으로 되어 있는 경부선에는 호화판인 관광호를 비롯해서, 거의 매시간마다 특급(特急)이니, 보급(普急)이니 줄이어 있어서 승객에게 편리를 주고 있다.

또한 수년 전에 개통을 본 고속도로도 버스 승객을 즐겁게 해주고 있는 것이 사실이다.

그러나 중앙선은 단선에다가 옆에 포장한 도로가 거의 없는 형편이어서 기차밖에 이용할 수 없고, 강원도를 들러서 동해안으로 가는 사람들을 위해서는 둘도 없는 황금노선이 되고 있는 것이다.

승객이 많은 탓인지 15분이나 늦게 들어온 기차가 15분이나 지나도 떠나지를 않는다.

신문도 다 읽고, 읽을 책도 없어서 기우뚱 고개를 돌리고 밖을 내다본다.

먼 산 중턱에 작은 절간이 서 있는 것이 눈에 보이고, 가까이 역 구내에 급수탑이 서 있는 것이 보인다.

바닷가에 서 있는 큰 등대와 같이 외롭게 서 있는 급수탑을 한동안 바라보면서 시간의 흐름에 대한 서글픈 정을 느껴본다.

'급수탑은 한낱 시간의 흐름에서 튀겨 나온 무용지물이다.

기차는 이제 수증기를 필요로 하지 않기 때문에 물과 석탄이 필요가 없다.

저 먼지가 끼고, 때가 묻은 급수탑과 뻘겋게 녹이 슨 석탄고(石炭庫)는 다만 철거를 당할 날만 기다리고 있지 않은가.'

시간의 흐름에 따라서 물질만 변하고, 무용화(無用化)하고, 무형화(無形化)하는 것일까.

정신이 있고, 신성이 있다는 모든 인간도 저런 물질보다 나은 것이 무엇일까.

만물의 영장이라고 자처하는 인생의 꼴이 부끄러운 것이 아닌가.

뿡뿡하는 소리에 놀라서 시계를 바라보니, 10시 15분, 꼭 30분이나 시간을 어긴 셈이다.

기차가 움직이고, 산과, 벌과, 시냇물이 흘러넘치는 풍광을 차창으로 내다볼 수 있는 것이 얼마나 상쾌한지 모르겠다.

동행인도 없고, 이야기의 상대자도 없는 나에게는, 파노라마와 같이 내 눈앞에 전개되는 모든 풍물이 말 없는 이야기의 상대자들이다.

그들은 나에게 모든 것을 진실하게 속삭여주고, 말해준다. 조금도 거짓이거나 부정한 태도를 보여주지 않고, 그 참된 뜻만 말해준다.

참으로 아름다운 그들이다.

그들이 소리 없이 말해주는 모든 이야기를 다 알아들을 수는 없으나, 내가 알아들을 수 있는 것은 참으로 아름다운 이야기요, 진리인 것이다.

과연, 자연은 진실하고, 또한 충실한 책과 같은 것이다.

나는 온 정신을 쏟아가면서, 차창을 통해 그들의 이야기를 듣기에 시간이 흘러가는 줄도 모른다.

기차는 벌써 영천을 지나서 중앙선을 달리고 있다.

가끔 지나 보는 영천은 많은 변화가 있었다. 높은 현대식 아파트도 보이고, 새집도 많이 섰고 교회당의 종각들도 우뚝우뚝 서 있다.

기차가 탑리역(塔理驛)을 지나서부터는 언덕을 기어오르는지 숨찬 소리를 하고, 터널도 역 하나 사이에 한두 개씩 있는 곳이 많다.

한국의 지형은 범이 동해에 등을 두고 드러누운 것 같다고 했듯이, 기차는 지금 이 범의 갈빗대를 하나하나 뚫고 지나가는 것 같다.

큰 산은 별로 보이지 않으나 작은 산맥이 갈빗대같이 뻗쳐 있고, 들도 넓고, 작은 시내도 많이 흘러내린다.

산기슭과 시냇가에는 흰 찔레꽃이 한창이다. 신부가 한 아름 안고 있는 듯이 새틋하고, 깨끗하고, 아름다운 꽃들이다.

먼 산골짜기에는 안개가 낀 듯이 아카시아꽃들이 활짝 피어 있다.

어떤 부락에 보라색 오동들이 큰 뭉치로 피어 있는 것도 보인다.

탑리를 지나서는 대추나무가 거의 집집마다 서 있으나 꽃이 작아서 피어 있어도 알아볼 수 없을 지경이다.

꽃이 피고, 지고, 떨어진 복숭아와 홍옥, 국광 등의 사과나무들은 잎이 무성할 대로 무성하다.

간밤에 비를 맞았던 탓인지, 샛노오란 새순과 새잎들이 나뭇가지 끝마다 빛나고 있다.

가을인가 착각할 듯이 보리들이 누렇게 물들어 있는 사이사이에는 벼의 묘판 자리가 푸른 벨벳을 깔아놓은 듯이 파랗다.

입종(立種)이 잘 자라나는가 걱정이나 하는 듯이 묘판에서 한 노인이 지켜보는 곳도 있고, 참새 한 마리 볼 수 없는데 허수아비를 세워 놓은 곳도 있다.

이런 풍광과 이야기하는 사이에, 경주를 떠난 지 세 시간 만에 기차는 낙동강 철교를 넘어 안동역으로 들어가고 있다.

강 이편에 우뚝 서 있는 영호루(映湖樓)를 바라보고, 강 건너와서 서 있는 이육사의 시비도 잊지 않고 또 한번 눈여겨본다.

역 출구까지 출영 나온 아내의 얼굴을 오랜만에 바라볼 때에, 세상엔 나를 기쁘게 해주는 이도 있는 것을 퍽 행복하게 생각하면서, 웃음으로 손을 흔들어 보인다.

『수필문학』 4집(1972. 6. 4)

숲과 못가의 새소리

지나간 주말, 나는 낚싯대와 점심 꾸러미를 들고 신광(神光)[15]에 있는 법광사(法光寺)와 그 아래에 있는 넓은 못을 찾았다.

포항에서 서북으로 40리나 들어간 구석진 곳으로, 공기가 좋고 비학산(飛鶴山)의 숲이 좋고, 범천(虎里)못의 붕어 낚시터가 좋다고 해서 찾아갔다.

길을 물어가며, 돌이 많이 박힌 언덕길을 걸어서 가뭄에 졸졸 흐르는 계곡의 물을 끼고 비학산을 바라보면서 천천히 올라갔다.

산은 웅대하나 그리 험준해 보이지 않고, 푸른 숲으로 봉우리를 가리고 있는 모양은 인자하신 할머니와 같았다.

'신(神)', '호(虎)', '광(光)' 자 등의 무서움과 두려움에 소스라칠 이름들이라고 생각하면서도 '광'자를 생각할 때 한결 마음속이 빛나는 것 같은 법열을 느끼고, 또한 한껏 외경감을 갖기도 했다.

---

15 포항시에 있는 면 소재지.

절 안에는 작은 대웅전을 언덕 위에 두고, ㄷ자로 지은 건물에 조그마한 방들이 둘러 있으나 재수하는 학생들이 방을 다 차지해버렸다.

나도 하휴(夏休)를 수양할까 해서 찾았으나 다음에 와서 민가를 찾기로 하고 절 밖으로 나와서 바위 위에 걸터앉았다.

삼십 년이 넘어 보이는 벚꽃나무 사오십 주가 꽉 들어서 있어서 별 한 줄기 새어들지 않았다.

셔츠를 벗고 앉았으니 바람도 시원하지만, 숲속의 새소리가 더 시원했다.

긴 소리로 올렸다가 낮은 소리로 떨어지는, 꼬리가 희고 긴, 밀화부리의 소리도 시원하지만, 메조소프라노로 올라갔다가 알토로 떨어지는 꾀꼬리의 소리에는 가슴속까지 시원하다.

고향인 평양의 능라도 수양버들 속에서 울던 황금 같은 꾀꼬리들이 나를 찾아 여기에까지 왔나 하는 환각을 일으켜 주었다.

나뭇잎 사이로 펄펄 날아다니는 황금색 꾀꼬리들이 여기저기 보였다.

꾀꼬리가 이렇게 많이 모여서 사는 곳이 드문데, 그것들의 소리에 취해서 한동안 선경(仙境)에 들어있는 것 같았다.

절은 뒤로 두고, 범천못으로 내려와서 낚싯대 두 대를 드리웠다.

못가의 서늘함을 찾고, 심심한 시간을 흘려보내자는 뜻이다.

낚시질을 해본 것도 어느덧 십여 년이 지났다.

그때 나는, 나의 애들이 읽던 「슈바이처의 소년 시절」을 읽어 본 일이 있었다.

> 나는 동무들과 함께 낚시질을 가보았다.
>
> 그러나 지렁이를 낚시에 끼우려고 할 때, 지렁이가 아파서 꿈틀거리는 것을 차마 볼 수 없어서 나는 그때부터 낚시질을 그만두기로 했다.

거기에는 이러한 말이 쓰여 있었다.

나는 슈바이처의 고운 마음에도 동감이었지만, 불교의 "살생하지 말라" 하는 훈계에도 통하는 말이었기에 그 후부터 낚시질을 그리 즐기지 않았다.

그러나 노년에 든 나에게 취미와 운동이 필요하다면 낚시질밖에 할 일이 없을 것 같고, 또한 좋은 공기를 마실 수 있고 고운 새소리를 들을 수 있기 때문에, 나는 낚시질을 다시 하기로 했다.

지렁이를 두 동강이로 끊을 때마다 슈바이처의 말이 생각이 나서 오늘은 밥풀 미끼를 가져왔다.

붕어도 야생동물이어서 지렁이를 좋아하지, 밥풀에는 잘 달라붙지 않았다.

그냥 떠 있는 찌를 갑갑하게 눈여겨보고 있노라면, 맞은편 산에서 뻐꾸기 소리가 뻐꾹뻐꾹 수면을 타고서 들려왔다.

눈도, 귀도, 가슴속도 도시의 소음에서 씻어지는 듯이 시원하고, 새뜻해지고, 깨끗해져 보였다.

귓속이, 가슴속이 후련해지는 것을 느낄 수 있었다.

『영남일보』(1973. 7)

여름이 오면

여름이 오면, 나는 푸른 잔디밭 위에 누운 듯이 싱그럽고, 기운차고, 또한 솜구름같이 깨끗해지고, 부풀어지고, 즐거워진다.

젊음의 사랑을 노래하던 노고지리들이 어딘가 사라진 뒤에, 꽃피는 푸른 보리밭 위에는 검은 벨벳같이 기름기 빛나는 검은 제비 한 마리가 쏜살같이 또는 바람결같이 휘익 지나간다.

그는 잠자리를 따라가는 것이 아니고 끓어넘치는 정열을 즐기는 것이며, 젊음의 슬기를 뽐내는 것이며, 또한 춤을 추는 것이다.

작년부터, 나는 한 주일에 한 번씩 대구 효성여대[16]에 강의를 나간다.

포항에서 경주로, 영천으로, 대구까지 고속버스로 달리는 것은 나의 삶의 흐름에 커다란 관조와 깨달음을 준다.

하느님이 펼쳐주시는 대자연에 대한 그림책의 산 풍경화들을,

---

16 지금의 대구가톨릭대학교를 말한다.

버스의 창문을 통해서 감상하는 것을 그림 보기, 영화 감상, 텔레비전 보기에다가 어찌 비할 수가 있겠는가.

시각도 청각도 필요하겠지만, 무엇보다도 마음의 눈과, 귀와, 영감이 더욱 필요하기 때문이다.

강물이 불어서 저렇게 흘러가는 강가에는 낚시꾼들이 연방 손짓을 하고 있고, 수양버들이 그림자를 드리운 못가에는 아낙네들이 물방망이를 들었다 내렸다 하는 소리가 마음 안의 귓속으로 들려오는 듯하다.

장미의 계절인 6월이어서인지 낮은 산허리마다, 또는 논과 밭둑마다 여기저기 신부의 꽃다발같이 깨끗한 찔레꽃들이 한데 얽혀서 피어 있다.

6월의 푸름을 더 진하게 하려고 여기저기 수를 놓은 흰 무늬와 같아서 잘 어울려 보인다.

산골짜기에 안개가 낀 듯이 하얗게 피어 있던 아카시아꽃들은 벌써 다 떨어져서 지금은 보이지 않는다.

멀리 등성이 위마다 흰 꽃밭이 놓인 것같이 보이는 것은 흰꽃들이 아니요, 어젯밤 강한 태풍이 지나가면서 뒤집어엎어 놓은 포도밭의 포도 이파리들이다.

하늘도 푸르고, 강물도 푸르고, 보리밭도 푸르고, 모판 자리도 다 푸르다.

들에, 길가에, 동구 밖에 서 있는 포플러도 젊은이들의 깃발인 듯이 높이 서서 흔들거리고 있다.

모두가 다 푸르고, 싱그럽고, 향기롭고, 또한 나의 마음조차도 푸르르다.

여름이 오면, 나의 푸르던 옛날 생각이 되살아날 때가 많다.

내가 소학 1년생 일곱 살 때 미국으로 망명하셨던 아버님을 찾아서 태평양을 건너가던 스물한 살의 젊은 시절.

삼만 톤급의 여객선[17]을 타고 뱃머리에 서서 콜럼버스의 위대함을 얼마나 감탄하였던가.

고개를 둘러보아도 물과 하늘뿐이요, 둥글한 대야에 물을 떠서 놓은 것 같은데 어디에 육지가 있었을 것인가.

나는 배우고, 알고, 믿고 가면서도 의심스럽기만 했다.

그러나 콜럼버스는 다만 믿음 하나로써 생명을 내놓고 새 대륙을 발견하지 않았던가.

내가 아버님이 계시던 시카고로 갔던 것도 한창 여름철이었다.

미시건호반에는 수만 명의 젊은 남녀가 수영을 즐기고 있었다.

---

17 이 책 140쪽에 나오는 '대양환(大洋丸)'을 말한다. 일본에서 발행된 사진엽서에는 대양환이 1만 4500톤으로 표기되어 있다. 대양환은 일본우선(郵船)주식회사가 태평양 항로에 투입한 초대형 여객선이었다.

민물 호수라, 내 고향의 대동강과 다름이 없어서 마음껏 수영을 즐길 수는 있었으나, 누런 피부를 갖고 검은 머리를 하고 있던 나의 모양이 나 자신도 좀 이상스럽게 생각이 되었다.

그러나 하느님께서는 여러 가지의 색을 즐겨하셔서, 일곱 색의 무지개도 만드셨고, 다섯 색의 인종과, 수없이 많은 색의 꽃을 만드신 것이라고 생각했다.

나는 안심을 하고 시카고의 품안에 안겨서 삼 년 동안 나의 잔뼈를 굵게 하였다.

상공 도시인 시카고는 중서부에 위치한 순 미국 민주주의의 서민들이 살고 있는 신흥 도시였다.

자유시형(自由詩型)을 창작한 미국의 대표적인 시인 휘트먼이 동부에서 나온 뒤를 이어서, 서민들의 자유주의를 노래한 칼 샌드버그[18], 에드거 리 매스터스[19], 바첼 린지[20], 해리엇 먼로[21] 등의 시인과, 『시잡지』[22]의 동인 시인을 수십 명이나 배출한 곳도 시

---

18 칼 샌드버그(Carl Sandburg, 1878~1967). 미국의 시인이며 1940년, 1951년에 퓰리처상을 수상했다.

19 에드거 리 매스터스(Edgar Lee Masters, 1868~1950). 시집으로 『스푼 리버 선집(Spoon River Anthology)』이 있다.

20 바첼 린지(Vachel Lindsay, 1879~1931). 시집으로 『빵과 바꿀 노래들(Rhymes to be traded for bread)』 등이 있다.

21 해리엇 먼로(Harriet Monroe, 1860~1936). 시인이자 문학평론가이며 편집자로 『포이트리(Poetry)』를 창간했다.

22 『포이트리(Poetry)』를 말한다.

카고였다.

문학을 좋아하던 나였기에 시카고를 나의 둘째 고향과 같이 노래하고, 또한 사랑하였다.

고학을 하던 몸이었으므로 여름이 오면 방학을 통하여 여기저기 일자리를 구하러, 또한 돈벌이를 위하여 대륙의 곳곳을 헤매었다.

'나라 없는 설움'을 풀어보려고 '김삿갓' 같은 방랑도 오히려 즐거워하였다.

북으로 나이아가라 폭포를 넘어서 캐나다의 토론토시에 가서도 한여름 동안 살아보았다.

그때 캐나다에는 토론토대학교에서 유학을 하고 있는 한국 학생이 세 명밖에 없었다.

영국풍의 나라이지만, 미국보다도 생활이 윤택한 것같이 보였다.

그 후 나는 여름이 올 때마다, 미국의 동북부, 남부, 서부의 도시들을 찾아갔다.

어디를 가도 여름은 젊음의 계절이요, 움직이는 약동의 계절이요, 일하고, 자라고, 살아가는 계절이었다.

사시가 늘 여름철(常夏)인 하와이에서는 우리 교포들이 일 년 내내 파인애플밭에서 김을 매야 했다.

땀에 젖었던 그 슬픈 이민사를 누가 엮어줄 수는 없을는지.

이런 일들을 추억하고 있는 동안에 버스는 대구 인터체인지에 들어왔다.

○

여름이 오면, 나는 또한 몹시 슬퍼지는 일이 있다.

벌써 돌아가신 어머님과 고향 생각 때문이다.

효성여대 캠퍼스 안에는 두 개의 흰옷을 입은 성모 마리아의 상이 고요히 서 있다.

하나는 어린 예수를 안고 있는 것이고, 또 하나는 두 손을 합장하고 기도를 드리는 형상이다.

나의 어머님을 성모에 비기는 것은 아니지만, 성모의 상을 볼 때마다 나는 어머님의 인자하시던 모습과 사랑을 잊을 수가 없다.

내가 네 살 났을 때의 기억이 아직도 생생하다. 그것도 여름철의 일이다.

우리 고향의 집은 평양신학교와 숭실대학과 서문교회의 근처에 있었다.

교회의 뒤뜰인 풀밭 위에다 쌀풀을 먹인 빨래들을 어머님은 저녁마다 펴놓았다.

저녁에 내리는 이슬에 빨래가 젖기를 기다려서 누님들과 빨래를 다리미질했다.

누님들은 다리미질을 도와서 빨래의 한끝을 잡아주면서,

"별 하나, 나 하나, 별 둘, 나 둘……."

이렇게 제 나이를 단숨에 세기 경쟁을 했다.

어리던 나는 네 살까지 어머님의 젖을 먹었다.

여름이지만 밤이면 춥기도 하고, 다리미질을 하는 그 아래로 들어가서 어머님의 젖을 빨았다.

모시 치마를 다리미질할 때에는 더운 김이 아래로 흘러내려서 나의 몸을 덥게 해주고, 잠을 들게 해주었던 것을 지금도 생생하게 기억할 수가 있다.

내가 일곱 살 나던 겨울, 함박눈이 내리는 어느 날, 지게꾼 한 분이 와서 큰 가방 하나를 싣고 가버렸다.

어머님이 혼자 앉아서 소리 없이 울고 계시기에,

"어머니, 왜 울어?"

하고 물었더니,

"아버님은 멀리 청국 상해로 가신다……."

"상해가 뭐야?"

어렸을 적에 어머님과의 이 대화를, 나는 육십이 넘은 오늘까지 늘 잊지를 못한다.

상해로, 미국으로 망명하셨던 아버님이 육십에 돌아가신 어머님을 다시는 찾아뵙지 못하셨기 때문이다.

두 대(代)를 내려오면서 외아들이었던 나는 어머님이 위급하시다는 전문을 받고 귀국을 했고, 눈물을 머금고 눈을 감으시는 어머님의 눈물을 닦아드리고, 서장대 묘지에 안장할 수 있었다.

그러나 내가 자라나던 교회당의 풀밭이 지금은 서문통 대로가 되었고, 어머님의 비석이 서 있던 묘지에는 공장이 서 있다니, 어머님의 무덤과 나의 고향은 지금 어디로 갔을까.

나의 마음속을 파고드는 나의 고향은 영원히 나의 가슴속에서 나와 함께 죽어가려고 하나.

여름이 오면, 언제나 약동하는 청춘의 힘과 같이 굳세게 또한 강하게 살아야만 하겠다.

언제나 우리가 부강하게 사는 것만이, 오로지 우리의 고향과 조국을 영원히 찾을 수 있고 지킬 수 있는 길이기 때문이다.

『새생명』(1974. 9)

흙

흙은 지구의 겉껍데기다.

흙은 지구의 피부요, 또한 살덩어리다.

흙이 지구의 피부와 살덩어리가 되기에는 몇억 년의 많은 세월이 흘러갔을 것이다.

지심(地心)의 불덩이 속으로부터 튀어나온 용암이 식어서 바위가 되고, 돌조각이 되고, 모래가 되고, 또한 보드라운 흙이 되기까지에는 헤아릴 수 없는 오랜 세월의 풍화작용이 있었을 것이다.

흙은 또한 모든 생물의 바탕이기도 하다.

모든 생물은 흙에서 나고, 흙에서 살고, 흙에서 나오는 것으로써 생존하고 있다.

『성서』에 보면, 하느님은 사람을 흙으로 빚어서 콧구멍 속으로 생명을 불어넣어 창조하였다고 한다.

만일 하느님이 지상의 모든 물중(物衆)을 창조하였다면, 그중에서 사람은 가장 으뜸가는 창조물일 것이다.

사람은 토굴 속에서 살다가, 또한 흙으로 벽을 쌓고, 흙으로 만든 집 속에서 살기도 하였다.

사람은 흙을 빚어서 그릇을 만들기도 하였고, 흙을 쌓아서 토성을 만들기도 하였다.

이렇게 사람은 삶을 이어가기 위해서 흙을 이용하는 슬기를 배워야 했다.

또한 흙을 이용해서 먹을 양식을 구하는 진리도 얻어야 했다.

흙은 이렇게 해서, 모든 생명의 살이 되고, 피가 되고, 뼈가 되는 원천이기도 했다.

그러나 사람이 지상에 많이 늘어나고 또한 근대 문명의 시설이 늘어남에 쫓겨서 흙의 면적은 자꾸만 좁아져 가고 있다.

산에는 무덤이 늘어가고, 마을과 도시에는 건물이 늘어가고, 공장이 자꾸 들어서고 있다.

도시와 마을 사이에는 넓은 포장도로가 거미줄과 같이 얽히어 가고 있다.

사람들이 많이 모여서 살고 있는 큰 도시에는 붐비는 사람의 떼에 길이 좁아서 땅속에 길을 뚫고 지하철이 달려야 할 지경이다.

흙의 면적이 모자라서, 물속에다 씨를 뿌리고 채소를 재배하는 공부도 해야 한다.

무덤을 차지하는 흙의 면적을 좁히기 위해서 아파트식 무덤을 고안해 내기도 한다. 시체를 화장해서 공중에 연기로 사라지게 하는 방법도 점점 늘어가고 있다.

○

사람은 흙에서 나서, 흙에서 나오는 것을 먹으면서 살다가 다시 흙으로 돌아가는 것이, 다른 모든 생물이 하는 것과 같은 하나의 본연의 자세인 것이다.

또한 우리는 흙으로 해서 살아왔으므로 늘 흙을 사랑하는 마음이 본능과 같이 작용하고 있는 것이다.

폴란드의 쇼팽은 조국을 떠나서 외국으로 망명하였을 때 조국의 한 줌 흙을 봉투에 넣어가지고 출국하였다.

외국의 땅에 묻히는 한이 있어도 조국의 한 줌 흙과 함께 묻히고 싶은 것이 그의 심정이었을 것이다.

자유를 빼앗긴 헝가리 피난민의 한 가족이 뉴욕의 공항에 도착하였을 때, 그의 온 가족이 모두 엎드려서 자유의 땅 위에 입을 맞추는 사진을 『라이프』 잡지에서 본 기억이 난다.

그들은 자유를 애인과 같이, 생명과 같이, 그렇게도 애타게 그리워하고 있었던 것이 아니었던가.

○

이제, 사람은 흙에 대한 애정을 잃어가고 있다.

지구의 피부와 살을 다 뜯어먹고, 긁어먹고, 자기의 한 몸뚱이를 영원히 담아서 쉬게 할 곳도 없는 슬픈 존재가 되어가고 있다.

새움과, 새싹과, 푸른 잎새와, 고운 꽃과 싱싱한 열매를 이루어 주는 흙의 거룩하고, 싱싱한 내음을 나는 가슴속 깊이 마셔보고 싶다.

비료에 산성화가 되지 않은 처녀지의 흙덩어리를 나는 열 손가락으로 주물러보고 싶다.

송아지 뒷다리의 살과 같이 선명하고, 기름지고, 보드라운 흙을 나는 만져만 보고 싶다.

『대구매일신문』(1974. 5)

제2부 생활의 지혜

연령

세상의 모든 것은 해를 거듭할수록 나이를 먹는다.

나무의 나이를 연륜(年輪)으로, 또한 사람의 나이를 연령(年齡)으로 헤아려서 시간의 흐름을 적어두기 마련이다.

크게 세대와 시대의 흐름을 연대표로 만들기도 하고 숫자로 기록해서 보이지 않는 시간의 흐름을 갈피갈피 적어둔다.

이 보이지 않는 시간의 흐름을 눈에 보일 수 있는 숫자로 적어두는 것은 사람들의 지혜로운 생각이다.

그러나, 흘러가는 시간은 우리의 눈에 보이지 않으나, 그것의 흘러간 자국을 모든 사물 위에서 눈으로 찾아볼 수도 있다.

풀의 이파리와 줄기를 보아서 일년초인 것을 알아낼 수도 있고, 큰 나무의 나이테에서 나이를 알아낼 수도 있다.

사람은, 물론, 생년월일을 정확하게 기록하여 놓고, 등록증을 갖고 다니고, 또한 신분을 증명하는 신분증이나 명찰을 가슴에 달고 다닌다.

사람의 나이는 이러한 숫자로 정확하게 표시되어 있다.

사람은 나이의 연장으로 유년, 소년, 청년, 장년기 등으로 구분하는 것이 보통이다.

아직 자라나는 사람을 미성년이라고 부르기도 하고, 다 자라서 기운이 왕성한 사람을 청년이라고 하고, 육체가 건장하고 기운이 완강한 사람을 장년이라고 하고, 또한 기운이 쇠약해서 기울어지는 사람을 노인이라고 부른다.

크게 나누어서, 사람은 처음 삼십 년쯤을 젊은 시절이라고 하고, 뒤의 삼십 년쯤을 늙은 시절이라고 부르기도 한다.

이 두 삼십 년의 첫 부분은 아주 연약한 어린애와 같은 나약한 시절이기도 하다.

또한 뒷부분의 마지막 끝도 보잘것없이 쇠약한 시절이 이어간다.

우리에게는 늙으면 다시 어린애가 된다는 말이 있듯이, 서양에도 사람은 두 번 어린애 짓을 한다는 말이 있다.

디즈레일리[23]는 이렇게 말하기도 했다.

"청춘은 맹목적으로 행동하는 때요, 장년은 투쟁하는 때요, 노

---

23 벤저민 디즈레일리(Benjamin Disraeli, 1804~1881). 영국의 정치인이자 작가.

년은 후회하는 때다."

인생의 덧없음과 나약한 운명을 한탄하는 말이다.

벤자민 프랭클린의 말을 빌리면, "이십 대에는 마음의 의욕으로 살고, 삼십 대에는 이지(理智)로 살고, 사십 대에는 판단력으로 산다"라는 말이 있다.

또한 쇼펜하우어는 이렇게 말했다.

"처음의 인생 사십 년은 우리에게 과제를 주고, 그다음 삼십 년은 우리가 그 과제에 주석을 붙인다."

위의 말들을 풀이해 보면, 인생 일생(一生)을 칠십 년으로 보고, 청년, 장년, 노년으로 크게 나누어서 인생의 걸어가는 길을 설명한 것이다.

나이가 더해 감으로써, 사람이 자라나고, 활동하고, 또한 쇠약해져서, 나중에는 쓰러져서 없어진다는 하나의 슬픈, 시간의 흐름의 기록인 것이다.

○

"우리에게 주름살이 잡혀져야 한다면 그것은 눈썹 위에 잡혀지게 하라. 심장 위에 잡혀지게 되어서는 안 된다. 우리의 정신이 늙어서는 안 된다."

이것은 제임스 가필드[24]의 말이다.

"청춘은 나이로 따지지 않는다."

이것은 노년 시절의 맥아더 장군의 말이다.

위의 두 말은 육체는 늙어도 정신은 그대로 청춘이어야 한다는 말이다.

우리는, "건전한 정신은 건강한 육체에 깃든다"라는 금언을 중학 시절에 배웠다.

그러나 버나드 쇼는 1930년대에 이 금언을 거꾸로 해서, "건강한 육체는 건강한 정신에 깃든다"라고 말했다.

나는 버나드 쇼가 해학을 즐기는 풍자가였기에 이 말도 하나의 풍자로만 믿고 있었다. 그러나 그것은 하나의 풍자만이 아니었다.

신문에 나오는 약 광고들을 보면, '신경성 위병'이니, '신경 안정제'니 하여, 정신 쇠약에서 많은 질병이 생기는 것을 알 수 있다.

욕구불만으로 차 있는 현대인의 생활은 정신을 차릴 수 없으리만큼 육체가 시달리고 병이 들어 있는 것이다.

---

24 제임스 가필드(James Abram Garfield, 1831~1881). 미국의 제20대 대통령.

'과연, 현대인들은 무엇을 찾고 있는가!'

'진선미를 버리고 무엇에서 행복을 찾을 수 있는가!'

'돈, 물질, 섹스, 이런 것만이 인생의 전부는 아닐 것이다.'

가끔, 나는 이러한 생각 속에서 저물어가는 나의 노년을 슬프게 느껴본다.

『월간중앙』(1973. 7)

동상(銅像)의 명(銘)

1

내가 처음으로 동상을 보게 된 것은 1929년, 내 나이 20세 때, 미국의 시카고시 링컨공원에서였다.

미시간호반에 자리한 넓은 링컨공원 안에 있는 동물원 뒤에서 실물 크기의 동상이 하나 나의 눈에 띄었다.

지리 교과서에서나 사진으로만 볼 수 있었던 동상을 처음으로 볼 수 있었다.

누구의 동상인가 가슴을 두근거리며 호기심을 갖고 동상이 서 있는 곳으로 빨리 가보았다.

나는 그 동상을 보고 놀라지 않을 수 없었다. 그것은 에이브러햄 링컨의 동상도 아니요, 미국인의 동상도 아닌 독일의 시성(詩聖) 괴테의 동상이었기 때문이다.

한 손에 책을 들고 호수를 내려다보고 서 있는 시성 괴테의 형상이 지금도 나의 눈앞에 훤히 보이는 것 같다.

2

1931년, 나는 또 한 번, 필라델피아시에서 놀랄 만한 동상을 보고 깊은 감명을 받은 일이 있었다.

필라델피아시청이 마켓가 중심에 자리를 잡고 있고, 멀리 오른편에 시립도서관과 왼편에 펜실베이니아역이 있어서 하나의 커다란 삼각지가 공원 모양의 광장으로 아름답게 놓여 있었다.

해마다 9월이면 유명한 필하모니 오케스트라가 저명한 지휘자인 스토코프스키[25]의 바통으로 연주되기도 하는 곳이었다.

이 유명한 광장 한편에 있는 도서관 앞에 검은 대리석대 위에 동흉상(銅胸像)이 하나 놓여 있는 것이 바라다보였다.

필라델피아시는 미국 독립운동의 중심지였으므로, 워싱턴이나 토머스 제퍼슨, 또는 벤저민 프랭클린의 동상이 아닐까 하고 바쁜 걸음으로 가보았다.

그러나 그 흉상의 주인은 미국인 정치가가 아닌 영국의 문호 셰익스피어였다.

나는 모자를 벗어들고, 머리를 숙여 묵례를 올렸다.

검은 대리석대 한가운데에는 셰익스피어의 명구가 이렇게 새겨져 있었다.

---

25 스토코프스키(Leopold Antoni Stanisav Stokowski, 1882~1977). 폴란드계의 미국 교향악 지휘자.

All the world's a stage,
And all the men and women merely players;
– William Shakespeare
세계는 무대요,
사나이들과 여인들은 한낱 배우들이다.
– 윌리엄 셰익스피어

나는 지금도 이러한 셰익스피어의 동상과 거기에 새겨진 그의 시구를 늘 외우고 있다.

나는 내가 이 세상에서 품고 있던 모든 욕망과 나의 배역을 성실하게 실연할 수 있었던가.

영광의 스타는 못 된다 치더라도 내가 맡은 배역을 성실하게 연기할 수 있는 배우가 될 수 있었던가.

3

내가 본 동상들 중에서 가장 깊은 감명을 준 것은 여수의 자산(紫山)공원 위에 서 있는 높이 16미터의 이충무공 동상이었다.

재작년 하휴, 호남 일대를 두루 구경하면서, 350년 전에 세워졌다는 그의 대첩비각(大捷碑閣)을 돌아보고, 자산공원에 올라가서 그의 넋이 퍼져 있는 남해를 내려다보았다.

자산공원 바로 아래에는 오동도(梧桐島)가 긴 다리 모양의 방파제로 이어 있었고, 멀리 앞바다 밖으로는 작은 섬들이 바둑알 같이 여기저기 깔려 있었다.

지난 5월에는 동행인들이 있어서, 늘 그리던 현충사를 아내와 함께 참배하고 올 수 있었다.

정문인 충무문(忠武門)을 들어서서, 한 발자국 한 발자국, 그의 뜨겁고 아늑한 품속을 거니는 듯한 심정으로 성역 안에 발을 옮겨갔다.

주말도 아닌데 성지 안팎에는 수만 명의 내객(來客)이 붐볐고, 그중에는 외국인, 특히 일본인이 많이 보였다.

노수거목인 은행나무 아래에는 휴식소가 마련되었고 긴 의자들이 놓여 있었다.

한편쪽 의자에 앉아 있는 중년의 일인(日人)들이 자기네끼리 일어로 이런 이야기를 하는 것을 엿들을 수 있었다.

"과연, 어느 나라고 가장 무서우리만큼 중대시하는 것은 민족의식이고, 그것이 또한 가장 훌륭한 일이다."

그는 이러한 말끝에 고개를 흔들면서 무엇인가 감탄하는 표정을 지었다.

옆에 앉아 있던 두 친구도 동감이라는 듯이 고개를 끄덕거렸다.

일인들이 한국 민족에 대해서 감동하는 것을 나는 처음으로 볼 수 있었다.

요사이, 일본에서 발행되는 『문예춘추』에 게재된 「세계사상의 10대 인물」의 하나로 이순신 장군을 들었다는 기사문을 찾아보았지만, 그들은 우리 민족을, 또한 우리 민족사를 새로이 봐야 할 것이라고 생각했다.

자기 자신이 커져야 비로소 남이 큰 것도 알아볼 수 있다는 말이 생각났다.

여수 앞, 바닷가에서 우뚝 솟은 자산공원 위에, 긴 칼을 거머쥐고 서 있는 이충무공의 동상은, 지금도 또한 영원히 우리 민족을 향해서 '충국애족(忠國愛族)'의 호령을 힘차게 부르짖고 있음이 나의 귀에 쟁쟁하고, 나의 눈에 선하게 보인다.

『세대』(1973. 8)

나의 좌우명

내가 중학 시절에 찰스 램의 수필에서 "High thinking; plain living"이라는 구절을 읽고, 그것을 나의 좌우명으로 삼았다.

"고상한 이상, 평범한 생활"이라는 이 구절을 책상 위 벽에 써서 붙이고 아침저녁으로 늘 쳐다보면서 학생 시절을 보냈다.

그때부터 일생을 두고 나의 좌우명이 된 이 금언은, 이젠 벽 위에 써 붙이지 않아도 나의 마음속 한복판에 새겨져 있는 것 같다.

고상한 이상을 갖기 위해서는, 우리는 먼저 완전한 교육을 받아서 고상한 지성을 얻어야 할 것이다.

완전한 교육을 받기 위해서는 스승도 필요하지만, 지식의 보고인 서적을 많이 읽어야 할 것이다.

노벨 문학상 수상자인 헤밍웨이의 「교육에 대해서」라는 논문에는 이러한 구절이 있다.

The education of all makes him complete, the education of part only leaves him deficient.

The best investment a young man can make is in good books; the study of which broadens the mind.

완전한 교육은 그를 완성하게 되고, 부분적인 교육은 그를 다만 불충분한 사람으로 남겨놓는다.

젊은 사람이 할 수 있는 가장 좋은 투자는 좋은 서적에 있으며, 책을 공부하는 것은 그의 마음을 넓히는 것이 된다.

한 개인이나 민족의 척도는 교육의 고하(高下)에 있다고 할 것이다.

○

인생의 삼대 요소를 진선미라고 한다.

이화여자대학교에서 그 대학의 좌우명이라고 할 수 있는 교훈을 '진선미'로 한 것은 그 뜻이 좋은 것이라고 생각한다.

나는 중학 시절에 영국의 시인 존 키츠[26]의 시에서 이러한 구

---

26 존 키츠(John Keats, 1795~1821). 영국 낭만주의의 대표적인 시인.

절을 읽어서 기억하고 있다.

Truth is Beauty,
Beauty is Truth.
진은 미요,
미는 진이다.

과연, 참된 것이 아름다움이며, 아름다움이 참된 것임을 우리는 다 잘 느낄 수 있다.

어제저녁에 아내가 붉은 장미와, 노란 장미와, 분홍 장미 등 세 송이를 사다가 책상 위에 놓여 있는 꽃병에다 꽂아 놓았다.

나는 그것을 보고, 온실에서 자란 때아닌 장미라도 저렇게 아름다운가 생각하였다.

그래서 나는 고개를 숙여, 코를 대고 냄새를 맡아보았다.

그러나 그것은 조화였다.

향내도 없고, 습기도 없고, 생명도 없는 거짓의 조화였다.

내가 아름답다고 생각했던 감정은 금시에 사라지고 말았다.

그것이 하나의 인조적인, 거짓인 것을 알았을 때, 나는 미감을 느끼기는커녕 미웁고 멸시하고 싶은 마음만이 더해 갔다.

거짓은 결코 아름다울 수 없다.

참되고 성실한 곳에 아름다움이 있을 뿐이다.

또한 아름다운 것은 참되고 성실한 것이기 때문이다.

한 개인이나 한 민족이나 다 거짓 없는 참된 생활을 함으로써만 인생의 아름다움을 창조할 수 있을 것이다.

○

노년에 들어선 나로서, 요사이, 나의 좌우명인 것같이 마음속에 늘 되새기는 문구가 하나 있다.

그것은 "노병은 죽지 않는다"고 부르짖던 맥아더 원수의 말이다.

Youth is not counted by age.

청춘은 나이로 따지지 않는다.

이것은 맥아더 원수의 책상 한 모퉁이 위에 새겨져 있었던 문구다.

그는 자유세계의 선봉에 서서 영원한 인류의 평화를 완성하려고 감투하였다.

노병이 되어서 그도 죽었으나 그의 열렬한 정신과 투지는 영원히 살아 있을 것이다.

『효대학보』(1973. 4. 19)

새해를 바라보며

1973년의 한 해도 다 지나가 버리고 이제 반 달밖에 남지 않았다.

지구는 하루 하루, 한 달 한 달, 이렇게 365일 여섯 시간을 자전하는 동안 인간은 한 해가 흘러갔다는 지구의 공전을 기록에 남겨놓는다.

보이지 않는 시간의 흐름을 누가 만들었는지 몰라도, 시간의 흐름에서 일어나는 무수한 변화는 정신적이거나 물질적으로 너무나 엄청나게 많은 것이다.

나 한 개인을 두고 보더라도 금년 한 해에 일어난 정신적 또는 물질적 변화가 적지 않다.

그것을 좀 더 넓혀서 볼 때 나의 가정, 나의 사회, 나의 국가, 또한 내가 살고 있는 이 지구 위에 감싸여 있는 세상이 얼마나 변해가고 있는가.

이렇게 변동하는 것이 하나의 물리적인 법칙이요 또한 하느님의 섭리일진댄, 그것을 탓할 수도 없는 것은 한갓 인생의 숙명이라는 것을 부인할 수 없기 때문일 것이다.

이러한 숙명에 부닥친 인생의 운명을 수긍한다면 우리는 어디까지나 그 숙명에 적응하는 길밖에 택할 길이 없을 것이다.

시간의 흐름은 우리의 숙명에 여러 가지 변동을 가져온다.

갓 낳은 어린애나 한두 살 난 어린애에게는 빠른 시간의 흐름이 요망되고, 어서 시간이 흘러서 소년이 되고, 청년이 되어서 성년이 되기를 바란다.

그러나 육십이 넘은 나 같은 노년에게는 한 시간, 하루가 지나가는 것이 아쉽고, 초조하고, 슬퍼진다.

나 개인은 크게 보람 있는 생활을 못했으나 내가 태어나고, 내가 살고 있는 땅과, 나의 민족과, 나의 나라가 좀 더 새로워지고, 빛났으면 하는 마음이 무엇보다 간절하기 때문이다.

우리는 가끔 반만년의 역사와 조상의 문화를 자랑한다. 그러나 현실은 우리를 선진국의 대열에 참여할 수 없는 처지에 놓이게 했다.

그러나 이러한 처지에서도 살아갈 수 있고, 전진할 수 있는 것이 우리 민족의 슬기요 또한 자랑일 수도 있다.

'우리도 한번 잘살아보세'의 노래와 '새마을운동'의 구호로 더욱 힘차게 일하고, 또한 '새마음'의 운동이 새해부터 더욱 높아지기를 원하는 마음 간절하다.

이제 또 맞이하는 새해에는 헛된 관례가 다 없어지고, 거짓이 없어지고, 가짜가 없는 사회가 되기를 원하는 마음이 간절하다.

동지가 가까웠음인지, 복숭아나무의 가지들이 어린애의 손가락같이 분홍색으로 물들어오고, 새움들이 고요히 4월의 태양을 꿈꾸는 듯이 부풀어 있다.

『영남일보』(1973. 12)

주도 소칙(酒道 小則)

원시인들이 동굴 속에서 포도주를 얻게 된 것은 스스로의 노고와 기술이 아니고, 하느님이 주신 자연의 혜택으로 받은 선물인 것이다

원시인들은 고기와 채소와 과실로 배를 채울 수 있었지만, 술을 마심으로써 취흥과 함께 인생을 더욱 즐길 수 있었다.

현대인들은 온갖 과실과 양곡에서 술의 원료를 찾아내고 여러 가지의 효소를 발명하여서 갖가지의 독한 술을 만들어 낼 수 있게 되었다.

현대인은 성년이 되면 거의가 다 술을 즐겨 마시게 되고, 밥보다도 술을 더 좋아하는 알코올 중독자도 있는 것이다.

어른들이 가끔 술에 대한 교훈을 이야기하는 데에는 다음과 같은 뜻 있는 말이 있다.

> 술은 안 마시는 사람은 안 마심으로써 좋고 마시는 사람은 마심으로써 즐거움이 있는 것이다.

그러나 여러 사람이 모임 자리의 술은 단지 예의에 그치는 것이 좋다. 그리고 슬픔이나 고통이 있을 때에는 술을 삼가는 것이 좋다.

여럿이 모인 자리의 술이 지나치면 소란해지는 것을 막을 길이 없고, 또 슬플 때나 고통이 있을 때 마시는 술은 그 슬픔과 고통을 한층 크게 함으로써 스스로 해로움을 받게 된다.

위의 술에 대한 교훈은 아주 점잖고 합리적인 것이라고 생각된다.

또한 영국의 술에 대한 속담에도 이러한 말이 있다.

첫째 술잔은 갈증을 낫게 해주고, 둘째 술잔은 영양이 되고, 셋째 술잔은 유쾌한 기분을 준다.

그러나, 넷째 잔에 가서는 사람을 미치광이로 만든다.

그러나 술은 식사와 달라서, 사람마다 음주의 양의 차이가 크다. 어떤 사람은 한 잔 술에도 얼굴이 빨개지고 취하지만, 몇 되의 술을 마셔도 끄떡없는 사람도 있다.

어떤 이는 술은 백해무익이라고 해서 절대금물로 여기는 이도 있다.

이러한 생각으로 제1차 세계대전 후에는 미국에서 금주법을 제정하고 금주운동을 전개했던 일도 있었다.

그러나 금주운동은 제대로 실현되지 못하고, 외국 술을 밀수입하는 악당들이 나오게 되었다.

시카고를 중심으로 하는 알 카포네[27]와 뉴욕을 중심으로 하는 잭 다이아몬드[28] 등의 악당들이 미국 사회를 암흑가로 만들었던 것이다.

그래서 미국의 금주법은 제정된 지 십삼 년 만인 루스벨트 대통령 때 폐지되고 말았다.

근세로부터 술은 교제와 식성(食性)에서 빼놓을 수 없는 중요한 식품이 되고 있는 것이다.

남북적십자회담에서도 북의 인삼주니, 남의 매실주니 연회석마다 술 이야기가 제일 먼저 나오고 있었다.

편집자는 나를 보고, 취중호유기(醉中豪遊記)를 써서 주선열전(酒仙列傳)을 만들라고 하탁(下託)해 왔다.

그러나 이백(李白)을 보고 주선(酒仙)이라고 하지만, 사실 주

---

27 본명은 알폰소 카포네(Alphonse Gabriel Capone, 1899~1947). 이탈리아계의 유명한 미국 갱단 두목.

28 잭 다이아몬드(Jack Diamond, 1897~1931). 아일랜드계의 미국 갱스터.

광(酒狂)이 될 사람은 많아도 주선이 될 사람이 몇이나 있을 것인가.

술은 가끔 사람을 미치광이로 만드는 것이 상례(常例)인 만큼, 우리는 주도(酒道)라는 말을 가끔 잘한다.

술을 마시는 데 무슨 도가 있으리오마는 작은 에티켓이나, 예의나, 규칙이 있어야 할 법도 하다.

주석(酒席)에서 주붕(酒朋)과 술을 마실 때마다 유쾌했던 술 마시는 이야기를 범속하게 그려서 음주 소칙을 말해보려고 한다.

1. 말을 사 먹는다

우리는 술을 먹으러 가자고 하지 않고, 말을 사 먹으러 가자고 했다. 그것은, 술을 마시면 자연히 말이 많이 생기고, 술잔을 앞에 놓고는 무슨 말을 해도 술 핑계를 하고 용서를 받을 수 있기 때문이다.

그러나 술에 흥겨워서 풍자나 기지적(機智的)인 얘기를 주고받는 것은 좋지만, 평시에 마음에 품었던 불평을 늘어놓으면서 상대를 중상하거나 공격하는 것은 한낱 비열한 행동인 것이다.

이성을 잃은 취중의 언쟁은 극히 주의해야 할 금물인 것이다.

술로 인해서 사소한 일이나 적은 돈의 문제로 살인을 범하는 일을 우리는 가끔 신문에서 볼 수 있다.

자전거 뒤에 소주를 몇 상자씩 싣고 지나가는 것을 보면 '살인과 범죄의 도깨비국'과 같은 무서운 생각이 든다.

고인의 말에도 "취중불어진군자(醉中不語眞君子)"라는 것이 있지 않은가.

2. 술은 사내의 음식

"한 상(床)의 술은 삼년정교(三年情交)를 맺는다"라는 말이 있다.

비록 한 번을 만났어도 술좌석을 같이했던 사람은 잊히지 않고 친근한 정이 생긴다는 말일 것이다.

술잔을 나누면 모든 정을 털어놓을 수 있기 때문이다.

술을 사나이의 음식이라고 하는 것은, 술값에 대해서는, 사돈끼리 만나거나 친구끼리 만나서 술을 마시고는, 저마다 술값을 내려고 경쟁을 하고 싸움을 하는 것을 우리는 가끔 볼 수 있기 때문이다.

이것은 우리 한국 사람만이 갖고 있는 미풍이지만, 이 미풍도 다른 미풍과 함께 점점 퇴조되고 있는 것 같다.

술은 자기 자신보다도 남을 더 먹이려는 풍토를 갖고 있다.

"술은 피차 권하는 재미에 마신다."

그래서 권주가도 있고, 친구와 함께 마시기 마련이다.

술은 남을 더 주려고 하기 때문에 사나이의 음식이라고 말하게 된 것이다.

"세상이 다 술 인심 같으면 얼마나 살기 좋겠는가."

이것은 주객(酒客)이 아닌 사람도 흔히 하는 이야기다.

미국에도「Whisky makes the world go around(술이 세상을 돌아가게 한다)」라는 노래가 있다.

3. 새도 못 주워 먹는 것

내가 30대에 술을 늘 같이 마시던 50대의 술 선배 한 분이 계셨다. 그는 술도 잘 마시고 기지적인 좌담도 잘하셨다.

왜정(倭政) 말기에는 소주 배급을 타는 정도로 술이 퍽 귀했다. 자기에게 술잔이 가면 술잔을 가득히 채우라고 야단이었다.

"자, 화경알같이 붓거나, 잠자리 눈알같이 톡 도두러지도록 부어!"

하고 잔을 앞에 놓고 지켜보았다.

술잔을 가득히 붓다가 한 방울이라도 넘치면,

"이 사람아 술을 쏟으면 어떡하나! 새도 못 주워 먹는 걸."
그는 이렇게 교훈같이 말하곤 했다.

나락으로 만든 귀한 술이지만 나락 묻힌 술은 닭도 새도 주워 먹을 수 없는 것이 사실이다. 참으로 애석하고 아까운 것이다.

여기서 잠깐, 술과 술잔에 대한 이야기를 하고 싶다. 말하자면 내용과 형식에 대한 이야기도 될 듯하다.

농부가 들에서 일을 하다가 목이 갈갈하고 타올 때 샘물을 맥주잔으로 한 잔 두 잔 퍼마신다면 별로 물맛이 시원하지 않을 것이다.

큰 바가지로 샘물을 퍼가지고 목젖이 오르내리도록 단숨에 마셔버려야 속이 시원할 것이다.

또한 그와는 반대로, 맥주를 커다랗고 시원해 보이는 유리잔에다 마셔야지, 바가지로 떠먹어서는 맥주의 맛이 나지 않을 것이다.

해방 후에 술잔이 조금 커진 것은 좋은 일이라고 생각한다.

영화에서도 볼 수 있지만, 서양 사람들은 큰 유리잔에 반 이하로 술을 조금씩 부어서 손 전체로 유리잔을 거머쥐고, 조금씩 마시는 여유를 보여주는 긍지를 갖고 있다.

우리는 늘 술에 굶주려서인지 술잔을 채우고 넘치게 붓는 습관을 가지고 있다.

이것은 풍요를 자랑하는 것이 아니고, 궁핍을 말하는 것이다.

우리도 술을 큰 잔으로 조금씩 부어 마시는 긍지를 갖고 싶다.

배급을 받아서 마시던 술이 떨어져 모자라게 되면, 우리는 그 섭섭함과 안타까움을 억제할 길이 없을 때가 많았다.

그럴 때마다 50대의 나의 선배는 늘 이렇게 말하곤 했다.

"술을 마시다가 떨어지면, 님이 떨어지는 것은 유가 아니라네."

4. 엑스터시(ecstasy)와 인스피레이션(inspiration)

역사가 이돈화[29] 선생은 "술을 마실 줄 모르는 사람은 하나의 세상을 잃어버리고 하나의 세상밖에 모르고 사는 사람이다"라고 하였다.

선생이 말씀하신 "잃어버린 하나의 세상"이라는 것은, 두말할 것도 없이, 술을 마신 후에 보고 느끼는 세상일 것이다.

---

29 이돈화(李敦化, 1884~1950(추정)). 천도교 사상가.

이백은 술에 취해서, 물위에 떠 있는 달그림자를 잡으려고 뛰어들었다가 익사하였다는 이야기도 있지만, 술은 우리의 정신을 최고조로 이끌어 주는 일종의 마력을 갖고 있는지도 모른다.

서양에서는 술에 취한 후에 느끼는 이러한 정신상태를 엑스터시(ecstasy)라고 부른다.

그 어의(語義)를 웹스터사전에서 찾아보면 다음과 같은 세 가지 뜻이 적혀 있다.

1. A condition of being beyond all reasons and control, as from emotion.
모든 이치도 자제도 불관(不關)하는 하나의 정서적인 상태.

2. A condition of great emotion especially joy, rapture, also madness.
위대한 정서적인 상태, 특히 환희, 무아적인 황홀감, 또는 광기.

3. A mystic or poetic trance.
신비적 또는 시적인 광희.

이러한 엑스터시를 느낌으로써 예술가들은 inspiration(영감)

을 얻을 수 있기 때문에 누구보다도 술을 즐기게 된다고 생각한다.

서양인 중에도 술을 즐겨 먹은 사람이 많았지만, 미국의 에드거 앨런 포[30]도 폭음을 했고 아편까지도 애용했다.

그는 시집 『악의 꽃』을 내놓은 보들레르 같은 후배도 있는, 악마파 문학의 시조하고 불리는 침울한 인격의 소유자였다.

그의 대표작인 단편 「검은 고양이」나, 그의 시 「대아(大鴉)」에서는, 어둠에서 빛을 찾고, 추에서 미를 찾으려는 철학이 표현되기도 했다.

영국 작가들 중에도 술과 아편을 즐기던 미문가 오스카 와일드[31]와 윌리엄 해즐릿[32] 등이 있었다는 것을 잊을 수 없다.

정열의 시인 바이런[33]이 사람의 해골바가지에 술을 부어 마셨다는 이야기도 유명한 것이다.

---

30 에드거 앨런 포(Edgar Allan Poe, 1809~1849). 미국의 시인이자 소설가, 비평가.

31 오스카 와일드(Oscar Wilde, 1854~1900). 아일랜드의 시인이자 소설가, 극작가.

32 윌리엄 해즐릿(William Hazlitt, 1778~1830). 영국의 철학가이자 수필가.

33 조지 고든 바이런(George Gordon Byron, 1788~1824). 영국의 낭만파 시인.

5. 우리 문학인의 술

우리 문학인 중에는 술을 못 마시는 사람이 별로 없는 것 같다.

내가 함께 술을 마셔 본 이들 중에서 제일급(第一級)을 꼽아보면 상당히 많다고 생각한다.

우선 수주(樹洲)[34]를 비롯해서, 월탄(月灘)[35], 청천(聽川)[36], 공초(空超)[37], 춘해(春海)[38], 무애(无涯)[39] 제씨(諸氏) 등은 두주급(斗酒級)에 속했지만, 지금은 고인이 되신 분도 있고 노년이 되어서 애주가급에 머무르고 있을 것으로 생각된다.

해방 당시에 대주가급은 청마(靑馬)[40], 지훈(芝薰)[41], 미당(未堂)[42], 해송(海松)[43], 광주(光洲)[44], 인욱(仁旭)[45], 구상(具常)[46] 등을

---

34 변영로(卞榮魯, 1898~1961). 시인이자 영문학자.
35 박종화(朴鍾和, 1901~1981). 시인이자 소설가.
36 김진섭(金晉燮, 1908~미상). 수필가이자 독문학자.
37 오상순(吳相淳, 1894~1963). 시인.
38 방인근(方仁根, 1899~1975). 시인이자 소설가.
39 양주동(梁柱東, 1903~1977). 시인이자 국문학자.
40 유치환(柳致環, 1908~1967). 시인.
41 조지훈(趙芝薰, 1920~1968). 시인이자 국문학자.
42 서정주(徐廷柱, 1915~2000). 시인.
43 마해송(馬海松, 1905~1966). 아동문학가.
44 김광주(金光洲, 1910~1973). 소설가.
45 최인욱(崔仁旭, 1920~1972). 소설가.
46 구상(具常, 1919~2004). 시인.

들 수 있다.

대주가급에 속하는 이들은 주량이 약주로 친다면 대두(大斗)나 반두(半斗)쯤은 처리할 수 있고, 맥주라면 몇 타(打)씩, 위스키일지라도 사합(四合)들이 한 병은 감당했다.

그러나 노쇠한 지금에는 맥주 두서너 병으로 그치고, 엑스터시고 인스피레이션이고 다 청춘과 함께 사라져가고 있을 것이다.

6. 근주 절연(謹酒 節煙)

술을 삼가고 연초(煙草)를 억제해야 된다는 것은 현대의학이 경고하는 것뿐이 아니라, 현대인의 중요한 과제의 하나가 되고 있다.

셰익스피어는 이러한 어구를 쓴 지 오래다.

> O thou invisible spirit of wine, if thou hast no name to be known by, let us call thee-devil!
> 오, 그대 보이지 않는 술의 정(精)이여, 만일 그대를 알릴 만한 이름이 없거든 우린 그대를 악마라고 부르리라!

영국의 현대 철학가 버트런드 러셀[47]도 이런 말을 하였다.

Drunkenness is temporary suicide, the happiness that it brings is merely negative, a momentary cessation of unhappiness.
술에 취하는 것은 일시적인 자살행위다. 그것이 주는 행복감은 한낱 음성적이고, 불행감에 대한 순간적인 정지다.

삼림 속에서의 생활을 즐기고 또한 자연의 철학자인 미국의 소로[48]는 가장 깨끗하고 맑은 말로 우리들을 일깨워준다.

Water is the only drink for a wise man.
지성인의 음료수로는 다만 물이 있을 뿐이다.

산수가 좋기로 유명한 한국 땅 위에 살고 있는 우리들은 누구보다도 행복한 것이다.

『월간 문학』(1973. 2)

---

47 버트런드 러셀(Bertrand Arthur William Russell, 1872~1970). 영국의 철학가이자 수학자.

48 헨리 데이비드 소로(Henry David Thoreau, 1817~1862). 미국의 사상가로 『월든, 혹은 숲속의 생활(Walden, or Life in the Woods)』이 대표작이다.

이육사의 청포도

날씨가 좋은 지난 주말, 대구에서 젊은 시인 도광의가 푸른 동해가 보고 싶다고 놀러 왔다.

포항의 명사 김심당(金心堂)[49]과 나와 셋이 어울려서 영일만 해수욕장으로 나갔다.

지난 10월 인구조사에 의하면, 포항의 인구가 11만 명으로 늘어났고, 해수욕장도 해운대와 마찬가지로 여름 겨울 할 것 없이 손님이 끊이지 않는 호경기였다.

10월의 하늘도 맑고 푸르지만 동해도 푸르러서 바다와 하늘을 분간하기 어려울 정도였다.

다만 코발트색 하늘에는 흰 구름 몇 조각이 오락가락하고 감빛 바다 위에는 흰 돛을 단 어선들이 여기저기 수평선 위에서 가물거리고 있었다.

---

49 포항의 문화 애호가였던 심당(心堂) 김대정(金大靖)을 말한다. 심당은 이육사와 가까운 사이였다.

맥주 몇 잔에 취한 듯한 젊은 시인은 입을 열어,

"아, 참으로 좋습니다. 그만입니다. 동해와 같이 아름다운 바다가 또 어디 있겠습니까!"

그는 혼자서 감격한 표정을 하고 나서는,

"선생님, 저 시 한 편을 외울까요?"

말을 끝내자마자 읊은 것이 육사(陸史)의 「청포도」였다.

내 고장 칠월은
청포도가 익어 가는 시절

이 마을 전설이 주저리주저리 열리고
먼 데 하늘이 꿈꾸며 알알이 들어와 박혀

하늘 밑 푸른 바다가 가슴을 열고
흰 돛단배가 곱게 밀려서 오면

내가 바라는 손님은 고달픈 몸으로
청포(靑袍)를 입고 찾아온다고 했으니

내 그를 맞아 이 포도를 따 먹으면
두 손은 함뿍 적셔도 좋으련

아이야 우리 식탁엔 은쟁반에
하이얀 모시 수건을 마련해두렴

읊고 난 뒤에, 그는 또 가느다란 눈으로 바다를 한참 바라다보았다.

옆에 앉아 있던 심당이 빙그레 웃고,

"도 시인은 참 멋이 있어. 잘 읊었어. 육사가 "푸른 바다가 가슴을 열고"라고 한 것이 바로 이 바다야. 여기야."

"아, 그래요!"

그는 깜짝 놀라는 표정을 하였다.

"옛날 육사가 이곳에 친구들이 많아서 삼사 개월씩 놀다 갔는데, 저기 저 종합제철 뒤에 있는 고갯마루에 일본동척회사(日本東拓會社)[50]가 경영하던 동양 최대의 포도밭이 있었어. 미츠와(三輪) 포도주를 만들어서 일본으로 가져갔고, 해방 후엔 마라톤 포도주라는 상표를 붙여서 팔았지 않았나. 바로 그 포도 농장에 놀러다니면서 얻은 소재의 시야. 저기 보이는 저 언덕 위에 오십만 평도 더 되는 농장에서 바다를 내려다보면 바다가 앞뜰 모양으로 속속들이 내려다보여."

---

50 동양척식주식회사(東洋拓殖株式會社)를 말한다. 이 회사는 일본이 식민지 경영을 목적으로 1908년 우리나라에 설립한 국책회사다.

“아 그렇습니까. 그것은 하나의 중요한 사실입니다. 나는 고교의 국어 선생인데 그걸 전혀 몰랐습니다. 그래서 작자와 작품을 하나하나 설명해야 하는데…….”

그는 볼펜과 종이를 꺼내들면서 이렇게 물었다.

“글쎄 육사의 고향인 안동에는 포도밭이 별로 많지도 않았을 게고, 더구나 바다는 있을 수 없고. 그럼 육사 선생님이 그 시의 소재를 얻은 곳이 바로 여긴데, 아직도 그 포도밭이 남아 있습니까?”

“없어. 한국전쟁 때 미군들이 비행장을 만들면서 포도밭을 다 불태워 버렸어.”

심당의 대답이었다.

전쟁 때 미해병 제1공항사단이 농장 전부를 항공기지로 사용하다가, 돌아갈 때는 한국 해병대에게 넘겨주었다.

우리 해병대에는 항공대가 없기 때문에 비행장은 KAL기들이 사용하는 현재의 포항공항이 되었다.

이 비행장은 태평양전쟁 말기에 일인들이 소규모로 만들었던 것이다.

이 비행장이 된 포도 농장의 고증을 위해서 좀 더 분명히 그 위치를 적으면, 반분(半分)은 경북 영일군 오천면 구정동의 동부이고 그 다른 반분은 영일군 동해면 도구동에 속한다.

도구동(都邱洞)이라는 명칭과 같이 하나의 고원 같은 언덕이 이루어져 있고, 고원의 한쪽에는 오랜 전설을 담고 있는 일월지(日月池)가 놓여 있다.

구정동(舊政洞)이라고 불리는 동명은 '政'이 아니고 '井'이었지 않나 생각되기도 한다.

왜냐하면 이 구정동에는 정포은(鄭圃隱) 선생이 일곱 살 때부터 성장하였다는 유명한 포은의 우물이 지금도 사용되고 있기 때문이다.

포은 선생이 출생한 곳은 이곳에서 남쪽 20리 밖의 문충동(文忠洞)이다.

이 포은의 우물은 물맛도 좋지만, 연중 물이 차고 넘을 정도로 많이 나와서 우물 한쪽에 구멍을 뚫고 쉬임 없이 개천으로 흘러내리게 했다.

겨울에는 은어들이 우물의 더운물을 따라서 우물로 들어가 지내는 것을 볼 수 있다.

이 우물 옆에 서 있는 비석에는 '정포은선생유지(鄭圃隱先生遺趾)'라는 비석이 서 있다.

"참, 오늘 교재의 좋은 재료를 많이 얻어서 심당 선생께 감사합니다. 이런 중요한 고증이 필요합니다."

젊은 시인은 감격하는 어조로 말했다.

나도 이렇게까지 중요한 사실인 줄은 미처 생각하지 못했으므로 그에게 동감이 갔다.

"그런데, 육사의 시비를 하필 새길 어귀에다가 세웠담. 길을 넓힌다고 또 어디로 옮겨야 한다지?"

심당이 말했다.

"새로 세워진 영호루(映湖樓) 뒤 언덕 위에 세웠으면 좋겠지."

나는 이렇게 말하면서, 안동을 지날 때마다 차창으로 내다보이는 육사의 시비가 먼지 속에 서 있는 모양을 연상해 보았다.

『시문학』(1973. 10. 23)

나의 필명의 유래

나의 나이 스무 살 때, 아버님이 계시던 미국 시카고로 건너가게 되었다.

그때는 1929년 3월이었다.

일본 요코하마항을 떠날 때 수천 마리의 흰 갈매기 떼가 내가 타고 태평양을 건너는 대양환(大洋丸, 2만 톤급의 여객선)[51]의 뒤를 따라서 날아왔다.

진남포(鎭南浦)[52]의 앞바다에 가서 한두 마리, 또는 수십 마리의 갈매기를 바라볼 뿐이었던 나에게 눈앞에 수천 마리의 흰 갈매기 떼가 하늘을 덮고, 긴 나래를 훨훨 휘저으며 춤을 추는 그 광경은 참으로 황홀할 지경이었다.

하룻밤을 배에서 지내고 갑판에 올라왔더니 그 많던 갈매기들이 다 어디로 갔는지 한 마리도 보이지 않았다.

---

51 각주 17에서 밝힌 것처럼 일본에서 발행된 사진엽서에는 대양환이 1만 4500톤으로 표기되어 있다.

52 평안남도 남부에 위치한 시(市)를 말한다.

하늘을 둘러보아도 새 한 마리 보이지 않고, 하늘과 바다가 하나가 되었고, 대야에 물을 떠 놓은 것 같은 둥근 공간 위를 일엽편주가 홀로이 떠도는 것과 같았다.

약 한 주일 뒤에 웨이크[53]와 미드웨이[54] 섬들이 있는 근방을 지날 때에, 섬들은 보이지 않았으나 검은색의 갈매기 떼 수천 마리가 또 나타났다. 흰 갈매기보다 거의 배나 크고, 큰 독수리같이 힘차게 날고 있었다.

하룻밤을 자고 나서 갑판에 올라, 갈매기가 다 달아났을 것이라고 생각하며 배 꼬리 쪽을 살펴보았더니, 웬일인지 검은색의 갈매기 한 마리, 단 한 마리가 긴 나래를 펴고 배를 쫓아오고 있었다.

그 검은 갈매기 한 마리는 하와이에 올 때까지, 바람이 불거나 비가 와도 그냥 한 주일이나 쉬지 않고 쫓아왔다.

“비가 오거나, 바람이 불거나, 옛것을 버리고 새 대륙을 찾아서 대양을 건너는 검은 갈매기 한 마리, 어딘가 나의 신세와 같다.”

이런 구절을 일기에 쓰다가, 문득 나의 필명으로 사용하기로 생각했다.

---

53 북서 태평양에 있는 웨이크섬(Wake Island)을 말한다.

54 중부 태평양 하와이 제도(諸島) 북서쪽에 있는 미드웨이 제도(Midway Is.)를 말한다.

'흑구(黑鷗)'라고 하면, 흰 갈매기들만 보던 사람들은 혹시 역설적이라고 생각하지 않을까 하고도 염려했으나 그것은 아무 문제도 되지 않는다고 생각했다.

나는 조국도 잃어버리고 세상을 끝없이 방랑하여야 하는 갈매기와도 같은 신세였기 때문이었다.

'흑색'은 서양에서는 '죽음'과, '성실'과, '상표(喪表)'를 상징하는 것이었다.

나는 그런 것들을 상관하지 않고, 다만 외로운 색, 어느 색에도 물이 들지 않는 굳센 색, 죽어도 나라를 사랑하는 부표(符表)의 색이라는 생각에서 '흑'자를 택하기로 했다.

이러한 '흑'자 때문인지 왜정시대에는 나를 무정부주의자로 오해도 하고, 경찰의 '요시찰인'이 되어서 많은 박해도 받았다.

우리가 조국의 광복을 찾은 뒤에, 검은 갈매기들이 사라호 태풍에 밀리어서 동해까지 날아와 살게 되었다.

사라호 태풍이 지나간 지 십여 년이 되는 지금도 대양에서만 살던 검은 갈매기들을 가끔 동해변에서 바라볼 수가 있다.

그들은 제비와 같은 철새는 아닌지 그대로 남아서, 푸르고 고요한 동해를 즐기면서 살아가고 있다.

『월간문학』(1972. 6)

일사일언

1. 도산(島山) 정신

지나간 젊은 시절부터 지금까지 나의 생활을 움직여주는 것은 도산 안창호 선생의 정신이다.

그의 인격과 사상에 대해서는 이미 춘원과 요한[55], 김여제[56], 장이욱[57] 선생 등의 저서로 잘 알려져 있지만, 나도 흥사단(興士團)의 일원으로 한 자리에서 친히 그를 대할 기회를 5, 6차 가질 수 있었다.

나는 늘 생활에서 그의 가르침을 실행하려고 노력하고 있으나 뜻대로 잘되지 않음을 스스로 부끄럽게 생각할 때가 많다.

그는 우리 민족의 개화 정신의 기본을 '무실역행(務實力行)'에

---

55 김규식(金奎植, 1881~1950). 독립운동가이자 정치인.

56 김여제(金輿濟, 1893~미상). 시인이자 교육자.

57 장이욱(張利郁, 1895~1983). 교육학자로 서울대학교 총장 등을 역임했다.

두었고, 또한 이것을 실천 완수하기 위해서는 "거짓말을 하지 말자. 농담일지라도 거짓말을 하지 말자"라고 가르치셨다.

우리 민족의 가장 미워할 만한 약점은 거짓을 일삼는 데 있다고 생각한다. 권력에 아부하는 것도 거짓이요, 사리(私利)를 위해서 남을 속이는 것도 커다란 거짓이다.

우리는 자아의 진실을 찾고, 애족애국의 진실한 정신을 찾아서 하나의 아늑한 가정과 부락과 국가 사회를 이룩하는 데 기초를 삼아야 할 것이다.

영국의 시인 존 키츠는 "아름다움은 진실이요, 진실은 아름다움이다"라고 했다.

이를 반대로 말하면, "거짓은 미움이요, 미움은 거짓이다"라는 뜻이 되는 것이다.

우리는 실내를 장식하기 위해서 조화를 책상 위에 놓아두는 일이 많다.

그러나 얼핏 우리의 눈을 속이는 그 꽃들이 향기로운 냄새도 없고, 생명도 없는 하나의 조화임을 알 때에는, 그것을 멸시하는 생각과 미운 생각이 들고 불쾌한 생각만 일으키게 할 뿐이다.

우리는 모름지기 거짓 없는 진실한 민족이 되기 위해서 저마다 무실역행하는 데 힘써야 할 것이다.

거짓은 개인을 패망하게 하고, 국가를 멸망시키는 요인의 하나다.

도산 선생의 일생기를 읽으면, 그는 개인 생활을 희생하고, 오직 민족과 조국을 위해서 참된 생활을 하신 분이라는 것을 알 수 있다.

우리나라는 반도(半島)인데 도산 선생의 아호는 왜 '도산(島山)'인가 하고 의아한 생각이 들 때도 있었다.

그러나 그의 아호 '도산'은 '반도강산(半島江山)'을 두 자로 줄인 것이라는 것을 알았을 때, 나는 그가 우리나라 반도강산을 얼마나 사랑하였나 하고 또 한 번 감탄하였다.

2. 경주의 국보

우리나라의 국보 제1호는 서울에 있는 남대문이지만, 세계적으로 평가되고 또 잘 알려져 있는 것은 거의 경주에 있다.

석굴암을 비롯해서 다보탑, 무영탑, 첨성대, 석빙고 등등 많은 국보가 경주에 존치되어 있다.

실로 고도(古都) 경주는 관광지도 되겠지만 고고학자들의 연구처로 더욱 의의가 지대하다고 할 것이다.

우리 문인, 학자들의 경주 탐방기와 기행문도 많이 있지만 외국인의 그것도 많이 있다.

왜정시대에 일본의 어떤 미술 평론가가 쓴 「경주 기행」에서 이런 명구(名句)를 읽은 기억이 있다.

> 경주에는 가는 곳마다 돌들이 있고, 돌마다가 다 부처님이더라.

경주의 고찰이나 고분들을 순례해 보면 돌로 새겨진 여러 모양의 조각 예술품이 안 놓인 곳이 없다.

1932년, 미국 『아시아』지에 실렸던 펜실베이니아대학교 박물관장의 「한국 미술의 영광」이라는 긴 논문에서는 석굴암의 조각미를 극구 예찬했었다.

> 동양의 조각 예술은 인도와 중국에서 성행했고, 한국반도에 와서 그 미의 극치를 완성하였다.
> 인도와 중국의 조각은 정련되지 못한 조품(粗品)이 많으나, 한국의 조각미는 극히 미려하고, 고아하고, 세련된 것들이다.
> 그리고 일본의 조각은 이 여러 나라의 조각을 모방하는 데 그친 것들이다.

그는 또 석굴암의 조각미는 세계의 일류라고 논평하였다.

> 석굴암 입구에 있는 역사(力士)의 조각미는 미켈란젤로나 로댕의 작품에 비견할 만하다.
> 특히 석굴암 내부 우측 벽에 새겨진 셋째 보살의 조각의 형상이나, 그 섬세한 선의 미는 살아 있는 형상과 같고 특히 그 손가락의 곡선미는 어루만져 보고 싶은 애정을 느끼게 한다.

요즈음은 또 신라 문화가 오랫동안 잠들고 있던 고분들을 파헤침으로써 자랑스러운 조상들의 슬기를 찾아내고 있다.

우리에게는 옛 조상들의 문화를 세상에 자랑하는 것보다도 오랫동안 침체했던 문화 활동을 선진 국가들의 문화 대열에 하루빨리 참가할 수 있도록 노력하는 것이 더욱 중요할 것이다.

3. 배금사상

1930년, 미국에서 공부 하던 때의 일이다.

미국의 대학 친구들은 입버릇같이 "머니 톡스(Money talks)"라는 말을 잘했다.

"돈이 말씀하신다"라는 이 뜻은 일종의 배금사상인 것 같아서 듣기에 불쾌하였다.

우리나라에서도 "돈이 제일이다" 또는 "돈이 장수다"라는 말을 가끔 늙은이들에게서 들어본 일이 있었지만 이런 말을 하는 사람은 백만 명의 하나 정도라고 할 수 있을 것이다.

그런데, 하루는 조응천[58] 박사님이 겐자미라는 미국 친구와 함께 있을 때에 나를 찾아주셨다.

나는 겐자미에게 그를 이렇게 소개했다.

"조 박사님은 인디애나주립대학교를 우등으로 졸업하시고, 한국 학생으로서는 처음으로 과학박사 학위를 얻으신 분이다. 또한 TV를 완성한 학자 12인의 1인으로 '과학 인사이클로피디아'에 기록되었고, 현재 인디애나대학의 과학 교수인 유명한 선생님이시다."

겐자미는 조금도 놀라는 기색이 없이 그를 맞이했다.

조 박사님이 가신 후에 겐자미는 나를 보고 이렇게 말했다.

"아니, 그분이 돈이 얼마나 많은가? 무엇이 유명한가? 돈이 많아야 유명한 것이 아닌가!"

"얘, 넌 또 달러리즘(배금사상)이구나! 머니 톡스! 그만 둬!"

---

58 조응천(曺應天, 1895~1979). 평안북도 강서군 출신으로 과학자이자 교육행정가.

"얘, 너 우리 미국에 온 지 몇 해나 되었어? 우리 미국은 진정한 자유주의, 민주주의여서 유럽 국가들과는 달라. 무슨 작위니, 계급이니, 빽이니 하는 따위는 없고, 자기 실력만 있으면 돈을 얼마든지 벌 수 있어. 연기를 잘하는 게리 쿠퍼, 만화를 잘 그리는 월트 디즈니, 코가 큰 지미 듀란트, 입이 큰 조이 브라운, 노래를 잘하는 빙 크로스비, 홈런 잘 치는 베이브 루스, 헤비급 챔피언 조 루이스는 주먹 하나로 하룻밤에 300만 달러를 벌지 않나…… 그리고 백화점왕, 자동차왕, 석유왕, 강철왕 등등 억만장자들이 얼마나 많은가?"

나는 그의 말을 듣고 얼마간 달러리즘의 합리화를 알았다.

그 후, 윌리엄 제임스[59] 교수의 실용주의와 존 듀이[60] 교수의 실험주의와 에머슨[61]의 보상법 등을 통해서 달러리즘의 합리화를 더 인식할 수 있었다.

우리나라에서도 "돈이 말씀하신다"라는 배금사상이 날로 더해 가고 있다.

그러나 우리가 버는 그 대금(大金)은 실력에서 얻은 보상금이 아니고, '가짜'나, '사기'나, '거짓'으로 얻는 것이 많음을 알 때,

---

59 윌리엄 제임스(William James, 1842~1910). 미국의 철학자이자 심리학자.

60 존 듀이(John Dewey, 1859~1952). 미국의 철학자이자 교육학자.

61 랠프 에머슨(Ralph Waldo Emerson, 1803~1882). 미국의 시인이자 사상가.

민족의 장래를 생각하여 가슴 아픈 일이 아닐 수 없다고 느껴진다.

4. 공업도시

새로운 공업도시로서 포항은 그 성격을 세 번이나 바꾸었다.

해방 직후의 포항은 포항읍이라는 하나의 어촌에 불과하였다.

다만 대구선(大邱線)의 종점이 됨으로써 강원도를 이을 수 있고, 또한 영일만의 목인 포구가 되는 학산동의 선창(船艙)으로서 동해안을 이을 수 있고, 울릉도를 붙들어 맬 수 있는 징검다리의 구실을 하여 주는 어물 집산지로서 양항(良港)이 되었다.

이러한 어촌의 성격을 띠고 있던 포항이 육 년 전엔 국제개항장으로 약진하게 되었다.

6·25사변 중에는 군사도시의 역할을 하게 되었다.

시와 근접해 있는 오천면에 있는 왜병들의 조그만 항공기지를 미국 해병대의 제1항공사단이 사변 중에 그 기지를 확장하여 사용함으로써 군도(軍都)의 성격을 띠게 되었고, 미 해병들이 철수하자 우리 해병들이 그 기지를 사용하게 되었다.

이러한 포항이 종합제철공장이 완공됨으로써 세 번째로 대공업도시로서의 면모를 갖추기 시작하였다.

지금까지 포항 인구는 7만에 불과하였던 것이 포스코(POS-

CO)가 창설됨으로써 갑자기 12만을 돌파함에 이르렀고, 30만 내지 50만의 대공업도시를 지향하고 있다.

우리나라의 근대사에는 사농공상(士農工商)이라는 정신으로 살아온 기록이 있고, 지금까지도 그러한 보수적인 소극성을 갖고 있는 것이 보통이다.

그러나 구미(歐美)에서는 이와는 정반대의 정신으로 살아온 것이다. 즉 상공농사(商工農士)의 정신이다.

우리는 벼슬을 하는 선비를 첫째로 삼고, 벼슬이 높은 양반들도 먹어야 사니까 농부들을 그다음으로 생각하고, 또 농사를 지으려면 호미, 낫 등의 쟁기가 필요하니까 공장(工匠)이를 쳐주고, 상업을 하는 사람들은 이득을 취해서 먹는다고 해서 꼴찌로 박대한 것이 사실이다.

그러나 구미에서는 일찍부터, 상품을 팔아야 공장에 주문을 주어서 돌아갈 수 있고, 농사를 지어야 공업의 원료를 만들 수 있으므로 상공을 중시하고, 사회에 봉사하고 국가를 운영하는데 필요한 관리들은 비교적 작은 봉급을 받는다. 말하자면, 우리와는 반대인 상, 공, 농, 사의 정신인 것이다.

이상하게도, 나는 상공업도시에서 살게 된 팔자를 타고난 모양이다.

나는 상공도시 평양에서 태어났다.

20대엔 상공도시인 미국의 시카고에서 살게 되었고, 6·25 후엔 고적한 포항의 바닷가에서 살려고 했으나 공장은 또다시 나를 찾아왔다.

그래서 나는, 영일만 위에 아침 해를 맞이하면서, 종철(綜鐵)의 굴뚝에서 용광로의 불길이 빨갛게 뿜어 나오는 것을 바라보며 조국의 무한한 번영을 축원한다.

『조선일보』(1973. 8)

싸라기 말

가끔 추억에서 생각이 나는 것이나, 직관에서 떠오르는 상념을 단상적으로 체계 없이 써본 것이 나의 싸라기 말이다.

1. 범은 가죽을, 사람은 이름을

흔히 비유하여 한국 속담에, "범은 죽어서 가죽을 남기고, 사람은 죽어서 이름을 남긴다"고 한다.

그러나 다시 한 번 깊이 되새겨보면, 그것은 사실도 아니요 진리도 아니다.

범은 한 마리가 죽으나, 백 마리가 죽어도 모두 가죽을 남길 수 있으나, 사람은 천 명, 만 명, 아니 천만 명의 한 사람도 그의 이름을 오래 남기기가 어렵다.

더구나, 벽이나 바위에 써놓은 이름자나 비석 위에 새겨놓은 것은 비와 바람에 지워지고 닳아지고 비석마저 나가자빠질 것이다.

사람은 본래 식욕과 성욕의 두 가지 본능을 가지고 태어났다.

식욕은 먹고 살기 위함이고, 성욕은 모든 생물이 대를 이어가며 영원히 살기 위한 재생력(reproductivity)으로 하느님의 섭리를 받은 것이다.

그러나 사람은 집단적인 사회생활을 오래 해오는 동안 명예욕인 제3의 본능을 하나 더 가지게 된 것이다.

그러면 명예는 어떻게 얻는 것인가.

명예는 자기 스스로가 얻을 수 있는 것이 아니라, 남이 씌워주는 월계관인 것이다.

인류 역사에는 수백만, 수천만의 인명을 희생시켜서 얻은 악명의 영웅도 많지만, 수백만, 수천만의 노예를 해방하고, 인류의 평등과 박애심을 주창한 에이브러햄 링컨 같은 위인도 있는 것이다.

또한 인종차별을 없애고 빈곤과 병고에 시달리는 흑인들을 구제한 '백색의 신'이라고 불리었던 슈바이처 같은 성인도 있는 것이다.

우리는 영웅이나 위인이 되기 이전에 모름지기 하나의 평범하고 성실한 인간이 되어야 할 것이다.

2. 시는 문학의 모체

피아노가 음악의 모체라면, 시는 문학의 모체다.

어떠한 산문 작품이라 할지라도 시 정신이 내포되어 있지 않으면 문학이 될 수 없을 것이다.

3. 각국의 국민성

우리나라의 리틀 에인절스가 이번 1973년 말, UN 무대에서 한국 민속예술의 슬기를 만방인(萬邦人)에게 떨치게 된 것은 참으로 영광스러운 일이다.

세상의 모든 민족은 그들 나름의 특수한 슬기와 국민성을 가지고 있다.

일본 국민의 특성은 '부지런함'에 있고, 영국 국민의 특성은 '실천력과 인내심'에 있고, 미국 국민의 특성은 '모험심과 개척정신'에 있고, 프랑스 국민의 특성은 '감정과 이성을 융합'하는 데 있고, 독일 국민의 특성은 '분투 쟁취하는 정신'에 있다고 한다.

우리 국민들도 타고난 슬기를 가지고 다른 국민들이 갖고 있는 특성을 조금이라도 배울 수 있다면, 최우수의 선진 국가 국민이 될 수 있을 것이 아닌가.

4. 꽃도 해와 달을

나팔꽃은 철학가인지, 밤새도록 자지 않고 고요한 사색에 잠겼다가 첫새벽의 이슬로 얼굴을 깨끗이 하고 태양을 맞으면서 빙긋이 피어난다.

그 깨끗한 얼굴은 일본에서는 '아침의 얼굴(아사가오, あさがお)'이라고 하고, 서양에서는 '아침의 영광(morning glory)'이라고 부른다.

해바라기꽃은 해가 좋아서, 한 번 피어나면 늘 해가 뜨고 지는 곳을 향해서 고개를 돌려가며 불 같은 얼굴을 한다.

서양에서도 해바라기를 '태양의 꽃(sun flower)'이라고 부른다.

지붕 위에 넝쿨을 덮고 있는 박꽃은 해가 가까워서 따가운 탓인지 해가 넘어가고 서늘한 때에야 피어난다.

소복과 같이 순백한 색을 하고, 흰 달빛 속에 숨어서 피려는 듯이 애처롭기만 하다.

자줏빛, 그리고 노오란 색의 분꽃들도 별빛과 달빛을 좋아하는지 해가 넘어갈 무렵에야 피어난다.

5. 한 알의 밥알

밥을 주식으로 하는 우리들은 한 알의 밥알이라도 귀중하게 여긴다.

그러나, 아무리 귀중한 밥알이라고 할지라도, 그것이 국그릇이나 김치그릇 같은 데 떨어졌을 때에는 곧 불쾌해져서 젓가락으로 집어내 버린다.

사람도 제자리를 잃어버리면 버림을 받을 수 있다.

6. 용기(容器)와 내용

우리가 들에서 이마 위에 땀을 흘리면서 목이 타게 일을 하다가 물을 한 초롱 받았다 하자. 그리고 물을 마시는 용기로는 맥주를 마시는 유리잔으로 받았다 하자.

유리잔으로는 여러 잔을 마셔도 성이 차지 않을 것이다.

큰 바가지로 하나 속이 시원하게 들이켰으면 하는 느낌일 것이다.

그와는 정반대로 맥주를 한 초롱 받았다 하자.

맥주를 바가지로 마시게 된다면 그것같이 격에 맞지 않는 것은 없을 것이다. 맥주는 거품이 떠오르는 유리잔에 마셔야 맛과 흥취가 아울러 날 것이다.

이와 같은 형식과 내용은 항상 품위를 같이하여야 할 것이다.

그러나 현대인은 내용보다 용기와 포장에 더 신경을 쓰고 있는 것 같다.

7. 고독

우리는 고독하다고 한다. 혼자서 외로움을 말하는 것이다.

외로움은 혼자 있을 때보다도 사람들이 많은 데서 더욱더 느끼게 되는 것이다.

뉴욕의 브로드웨이를 낮 모를 인파의 틈 속에서 혼자서 밀리어 다니던 외로움.

형제는 아니더라도, 친구 하나라도 함께하지 못하고 혼자서만 군중의 틈에 끼어서 걸어다니던 시카고의 다운타운 룹의 거리거리, 필라델피아, 워싱턴, 볼티모어, 엘에이, 프리스코, 그리고 수십의 대도시의 메인스트리트와 다운타운…….

그래도 그때는, 나의 젊음이 유일한 나의 친구였던지 깊은 외로움을 느끼지 않았다.

사실, 혼자서는 외로움을 느낄 수 없다.

방 안에 있으면서 시계 소리, 라디오나 텔레비전 소리가 벗해주고, 그것도 없는 한밤중에는 이따금 지나가는 바람 소리가 있다.

그것마저 없어서 검은 침묵과 태초의 고요만이 깃들 때에는, 나의 가슴속에서 외치는 또 하나의 동계(動悸)가 있지 않은가.

"우리는 신이 될 수 있다!"

이러한 시인 바이런의 부르짖음을 나의 가슴속에서도 넉넉히 들을 수 있다.

8. 자유시(free verse)와 이미지스트(imagist)

근대 세계문학사에서 가장 특기할 만한 것은 월트 휘트먼의 자유시(free verse) 창시와, 또한 에즈라 파운드[62]와 이미지스트의 시운동이라고 할 것이다.

휘트먼은 자유민주주의를 지향하는 인류의 생활 현실을, 시운동에서도 자유롭게 표현 활동을 할 수 있게 하였다.

이미지스트는 시에서도 메타포의 세계를 좀 더 넓고 깊은 심상(心像)의 세계로 전개하는 데 커다란 공적을 이루었다.

『시문학』(1974. 11)

---

62 에즈라 파운드(Ezra Loomis Pound, 1885~1972). 가장 영향력 있는 20세기 미국 시인 중 한 명이다.

제3부 나의 교유록

파인(巴人)과 최정희

시인 파인(巴人)[63]의 이름을 맨 처음으로 대했던 것은 내 나이 열여섯 살 나던 해에 그의 시집 『국경의 밤』을 사서 읽은 때부터였다.

지금 생각해도 파인의 『국경의 밤』은 한국의 신시단뿐만 아니라, 문단 전체에 광휘 있는 혜성의 출현과 같았다.

그때, 맨 처음으로 신시집이 나온 것은 주요한 씨의 『아름다운 새벽』이었고, 외국시(서구)의 번역 시집으로 안서(岸曙)의 『해파리의 노래』가 나왔을 뿐이었다고 생각이 된다.

『해파리의 노래』에서 우리는 비로소 프랑스의 구르몽[64]이나, 독일의 괴테와 하이네를 배우게 되었다.

당시 일본에서도 하이네가 소개되고, 영국의 바이런, 셸리, 키

---

63 김동환(金東煥, 1901~미상). 시인이며 장편서사시 『국경의 밤』 등이 있다.

64 레미 드 구르몽(Remy de Gourmont, 1858~1915). 프랑스의 시인이자 소설가이며 문학평론가.

츠, 워즈워스[65], 번스[66] 등이 소개되고, 괴테의 「젊은 베르테르의 슬픔」 등이 소개되는 정도였다.

이런 때에 우리 한국 문단에 파인이 큰소리를 치고 나타난 것은 과연 혜성적인 출현이었고, 한국 문단에 던져진 광휘 있는 태양의 서광과도 같은 것이었다.

『국경의 밤』의 서문은 서시로 대신했고, 그 서시는 오랜 장맛비 뒤에 비치는 태양과도 같은 것이었다.

서시

하품[67]을 친다.
시가(詩歌)가 하품을 친다.
조선의 시가가 곤해서 하품을 친다.

햇발을 보내자.
시가에 햇발을 보내자.
조선의 시가에 재생의 햇발을 보내자.

- 1924년 12월, 파인

---

65 윌리엄 워즈워스(William Wordsworth, 1770~1850). 영국의 낭만주의 시인.

66 로버트 번스(Robert Burns, 1759~1796). 스코틀랜드의 낭만주의 시인.

67 '하품'의 방언.

당시는 1900년대 초에 월트 휘트먼의 시집 『초엽집(草葉集)』으로부터 비롯한 자유시형(自由詩型, free verse)은, 미국과 서구에서는 시로서 가치가 없다고 논란이 되고 있던 때였다.

일본에서도 정형시를 주창해서 배구(俳句)[68]를 시의 전형이라고 했고, 우리나라에서도 시조의 정형시를 부흥시키려고 노산[69]과 가람[70] 등이 시조 강의를 지면마다 펴고 있었다.

이런 때에 자유시형의 『국경의 밤』이 출현했던 것이다.

서시는 서시라서 주의해서 썼던지, 자유시가 아닌 서구식의 정형시같이 틀에 박혀 있지만, 그리 어색하지 않은 힘 있는 시가 되었다.

본문은 전부 자유시형으로 되었고, 『국경의 밤』의 3부는 자유분방한 산문시에 가까운 서사시로 되어 있었다.

나는 그의 시를 논평하려고 하지 않지만, 그의 『국경의 밤』은 시단에 나타난 하나의 빛나는 혜성이었고, 잔잔한 호수에 던진 큰 돌과 같은 것이었다.

그때 내 고향의 문학 소년들이 '혜성' 동인회를 만들게 되었

---

68 '하이쿠'를 우리 한자음으로 읽은 이름.

69 노산(鷺山) 이은상(李殷相, 1903~1982). 시조시인이며 사학자.

70 가람(嘉藍) 이병기(李秉岐, 1891~1968). 시조시인이며 국문학자.

고, 그들이 다 문단에 출세한 일도 기억에 남아 있다.

○

1929년, 내가 스무 살 되던 해에, 나는 보성전문학교를 중퇴하고 미국 시카고로 유학을 가게 되었다.

105인 사건 때 상해로 망명하셨던 아버님이 미국으로 건너가서 시카고에 계셨던 때문이었다.

2월 23일 시카고에 도착한 지 일주일 후에 3·1절을 맞이하게 되었다.

신도학우(新渡學友)인 나에게 고국에 대한 소식을 전하는 이야기를 하라고 권해 왔다.

그때 시카고에는 유학생이 30여 명 있었고, 교포도 근 100명이 살고 있었으며, 양식당을 경영하는 이들도 13명이나 있어서 꽤 윤택한 생활을 하고 있었다.

옥데일 애비뉴(Oakdail Avenue)에 자리하고 있던 한국교회당에서 저녁에 3·1절 기념회가 열리고 교포들이 거의 다 모이게 되었다.

내 차례가 되어서, 나는 고국의 슬픈 소식을 눈물을 흘리면서 전하여 주었다.

생활고에 쫓겨서 남부여대(男負女戴)하여 만주와 서북간도로 유랑의 길을 떠나는 사람들이 해마다 몇만 명인지 모른다는 사정과, 언론과 결사의 자유가 없을 뿐만 아니라, '요시찰인의 명부'라는 것을 만들고, 기념행사나 결사조직이 있으리라고 생각이 되면 미리 '예비검속'을 하는 비인도적이고 비법적인 강압 정책을 함부로 쓰고 있는 일제의 극악무도함을 호소했다.

청중도 나도 비분과 격동의 눈물을 흘렸다.

이때 나는 늘 외우고 있던 파인의 시 한 편을 큰 목소리로 암송하였다.

(이 파인의 시는 파인의 시집 어느 권에도 실려 있지 않다.

내가 시카고에서 이 시의 전문을 다 외웠으나, 40여 년이 지난 오늘엔 그 반도 외울 수가 없다.

그러나 내가 생각나는 대로 다시 적어보면 아래와 같은 골자이다.

지금은 그 시제(詩題)도 생각이 나지 않는다.)

오늘도 종로 네거리에
어이어이 외우고 지나는 저 상여
저 상여 속에 하고 싶던 일 다 못하고,
죽어가는 이 여북 분하였으랴!

내 일(나의 일) 같아야

두 주먹 불끈 쥐고 다름질 친다!

분하고 또 분하여 뒷 장태에 올라가
느티나무를 안고 힘껏 흔들어 보았네,
그러나 움실도 안는걸!
힘이 약하구나, 아 내 힘이 약하구나!

오늘도 나는 홀로 강변에 나가
힘껏 돌팔매를 친다!

이 시를 외우던 나도 흥분이 되었고, 듣고 있던 청중들도 손수건으로 눈물을 닦았다.

이 시의 원문이 그의 시집 어느 권에도 수록되어 있지 않은 이유를 미국에서 귀국한 뒤에야 알 수 있었다.

전에는 신문의 사설이거나, 정치, 경제, 사회평론이거나 문예평론 같은 논설에만 검열이 심하였지만, 파인이 나온 후부터는 시의 검열도 심해지고 전문 삭제를 당하는 일이 많아지기 시작했다.

그 후, 귀국하여서 쓰던 나의 시도 부분 삭제를 당하는 일이 많았고, 만주로 여행하면서 『동아일보』에 써보냈던 「차의 풍경」

과 「차내 풍경」 두 편 중에서 「차외 풍경」은 전문 삭제를 당해서 영 세상에 얼굴을 내놓지 못했다.

만주의 산허리를 갉아먹고 있는 백의인(白衣人)들의 유랑생활을 그렸다 해서 전문이 삭제되었던 것이다.

○

박계주[71] 씨의 「인간 파인」에는 검열에 대한 이러한 말이 있다.

> 파인은 일 년이고, 이 년이고 시 한 수도 쓰지 않은 때가 많다. 그러나 그가 붓을 들면 한꺼번에 열 수나 스무 수를 써낸다.
>
> 시상이 떠오르고 시에 대한 정열이 뻗치면 흡사 홍수를 보는 것 같다.
>
> 시집 『해당화』에 실린 태반은 일주일 내지 이주일 동안에 써낸 것이었으며 그 반이 총독부의 검열에 삭제되고 말았다. 『해당화』의 원명은 『수심가』였는데, 그 책명부터가 민족적 체취가 풍긴다 하여 불허가의 인(印)이 찍혀서

71 박계주(朴啓周, 1913~1966). 소설가로 「순애보」가 대표작이다.

> 나왔지만 본문 중에서도 조선심이 어른거리는 것은 모조리 발표 금지가 되어 찌꺼기를 모는 것이 소위 시집 『해당화』요, 그마저도 「지원병 송가」니 하는 시국시가 없으면 안 된다 하여 수치스러운 시집이 되고 말았다.
> 당시 나는 삼천리사의 편집인이었던 관계로 파인이 열중하여 시를 쓰던 모습을 보았고, 그 원고를 모아 내 손으로 총독부에 들고 가서 허가원을 드렸으며 만신창이가 된 찌꺼기 원고를 찾아내온 것도 내 손에 의해서였다.
> 최정희 씨는 시집 『돌아온 날개』의 서문에서 『해당화』 속의 시 십여 편이 검열 불통과되었다 했지만 기실은 삼십 편이 훨씬 넘는다.

이와 같이 시의 검열이 가혹해지기 시작했다.

1931년 시카고에 있을 때에 「대륙방랑시편」이라는 제목 아래 시 열 편을 써서 『동광』지[72]의 주요한 씨에게 보낸 일이 있었다.

그 가운데에 「조국」이라는 일 편을 써놓았으나, 빼앗긴 조국을 그대로 조국이라고 쓰면 검열 통과가 문제가 아니라 나를 잡아 가두려고 할 것은 뻔한 노릇이었다.

그래서 선수를 써서 「故×」라고 시제(詩題)를 한 자 ×자를 넣

---

72 『동광(東光)』은 1926년 5월 20일 자로 창간된 종합잡지(발행인 주요한)로, 흥사단 계열의 단체인 수양동우회(修養同友會)의 기관지 성격을 띤다.

어서 카무플라주[73]해버렸다.

요행히 통과를 하면 '고향'이라고 읽든지, '고국'이라고 읽든지, '조국'이라는 이미지가 나타날 것이라고 생각했던 것이 통과가 되었다.

그 시편 가운데는 이러한 1연이 있었는데 그대로 통과되었다.

그대여, 실연하였거든
바다 밖으로 나오라.
그때 그대는 새로운 애인을
만날 것이오니
그이에게는 실연이 없고
오직 뜨거운 사랑만이 있도다.
그대의 생명을 다 바치는
뜨거운 사랑과 정열도
그이에게는 외이려, 외이려
부족할 뿐이다.

한 편의 시를 써도 나라를 생각하지 않을 수 없고, 나라를 사

---

73 프랑스어 camouflage. 위장이라는 뜻이다.

랑하는 행동을 하려도 할 수 없는 인간-자유가 없고, 나라가 없는 민족같이 서러운 것은 이 세상에 다시 없을 것이었다.

파인은 시인이기 이전에 애국자였고, 애국자였기에 애국의 시를 많이 썼다.

「도산 선생」, 「무명전사의 앞에」, 「소생(蘇生)의 노래」 등의 시편은 애국시의 대표적인 주옥편들이라고 생각한다.

○

1934년, 육 년 만에 미국서 돌아온 후에 내가 주재하던 『백광』[74] 잡지 때문에 종로 YMCA 옆에 있던 삼천리사의 파인을 가끔 찾아가게 되었다.

처음 그를 뵈러 갈 때에는 추호(秋湖) 전영택[75] 선생님의 소개로 인도되었다.

내가 본 그의 첫인상은 미남형이요 정열형이었다. 그러나 그

74 『백광(白光)』은 1937년 1월 창간된 문예 중심의 종합지로 평양의 교육사업가인 백선행(白善行)을 기리기 위해 발행되었다.

75 전영택(田榮澤, 1894~1968). 소설가이자 목사. 1919년 『창조』 동인이 되면서 작품활동을 시작했다.

의 태도는 영국 신사형이었다.

몇 번 그를 찾을 때마다 그는 나를 다방이거나, 식사를 하자고 하며 냉면집으로 인도했다.

그는 늘 분주한 사람의 태도였고, 늘 무엇인가 생각하고 있는 사람 같았다.

평양에서 올라간 나에게 잊지 않고 평양 소식을 묻고, 조만식, 김동원(김동인의 백씨(伯氏)), 오윤선(극작가 오영진의 부친) 선생님의 안부를 물었다.

이 세 분 선생님은 평양을 대표하는 애국지사들이었고, 삼천리 잡지사를 달마다 경제적으로 후원하고 있었던 때문이었다.

적자 운영을 해야 하는 잡지사를 그토록 오래 계속해온 삼천리사는 모두 파인의 열이요, 성이요 애국의 정신으로 이루어진 것이었다고 생각한다.

그는 이러한 바쁜 생활을 하고 있으면서도 시인의 활동을 멈추지 않았다.

그는 또한 새로운 기풍의 민요를 창작함으로써 소월과 함께 민요 시인의 지위를 얻었다.

○

파인의 현부인(賢夫人)이신 최정희[76] 여사를 처음으로 만나게 된 것은 해방 후 서울에서였다.

문화일보사에 김광주와 같이 있을 때에 얼굴이 동글납작하고 예쁘장스레 생긴, 조금 작은 키의 30대 여인 한 분이 김광주를 찾아왔었다.

"한 형, 모르우? 인사하지, 최정희 여사셔."

"네, 최 여사이십니까, 안녕하셔요?"

둘이는 반갑게 인사를 했다.

사진에서만 보던 그의 얼굴을 직접 대해서 보는 첫인상은 매우 좋았으나 그의 눈에는 애수의 빛이 감추어져 있는 것 같았다.

"파인 선생님도 안녕하시지요?"

그를 볼 때 곧 파인의 얼굴이 연상되었고, 시골 들판을 바라보면서 휴양을 하고 계실 정열의 시인 모습이 눈앞에 떠오르기 때문이었다.

"네, 요새 몸도, 마음도 쉬노라고 조용하게 지내고 계십니다."

최 여사는 계속해서, 시골이 고요하고 좋다는 이야기와 경춘선으로 몇 정거장 안 가서 덕소(德沼)라는 작은 시골에서 사시는

---

76 최정희(崔貞熙, 1906~1990). 소설가이며 『천맥』 등의 작품집이 있다.

데 닭도 치고, 참 교외 생활이 깨끗하고 좋다고 한번 다 같이 놀러가자고 했다.

나는 미국에 있었을 때, 파인의 시를 교포들 앞에서 암송했던 이야기를 하였다.

이런 이야기는 전에 파인에게도 하지 않았던 것이었다.

며칠 후에 김광주와 최 여사를 명동의 어떤 다방에서 만나뵈었다.

"그이에게(파인을 그이라고 불렀다. 선생이라는 존칭보다 더 다정한 애칭이라고 느껴졌다.) 한 선생의, 시를 읽던 얘기를 했더니 고맙다고 합디다."

최 여사는 명랑한 얼굴로 나를 바라보면서 말했다.

"그래요. 고맙습니다. 전에 내가 『조선중앙일보』 지상에서 파인 선생을 '가두(街頭)의 시인'이라고 논했고, 미국의 휘트먼[77] 같은 시인이라고 한 적이 있습니다. 이젠 우리 민족도 자유를 찾게 되었으니 마음 놓고 정열의 시를 많이 써주시기를 부탁드립니다."

나는 진지한 태도로 말했다.

최 여사는 대답 대신에 고개를 숙이고 잠시 있다가, 다시 고개를 들면서 말머리를 돌렸다.

---

77 월트 휘트먼(Walt Whitman, 1819~1892). 19세기 미국을 대표하는 시인이며, 『풀잎(Leaves of Grass)』 등의 시집이 있다.

"저, 한 선생님, 그이가 전번에 한 선생님이 쓰신 수필 「닭 울음」을 읽으시고 참 좋다고 하셔요. "당신도 수필을 쓰려면 좀 배워서 이렇게 쓰시우"라고 하셔요."

최 여사는 나를 격려해 주시려고 이런 말씀을 하시겠지 생각하였으나 '그이가', 파인이 좋다고 하셨다니 나는 속으로 부끄러운 생각도 들었다.

그러나 「닭 울음」이 후에 중학 교과서에까지 들어간 것을 알았을 때, 나도 수필을 좀 더 공부해 가면서 쓸 생각이 들었다.

그 후에도 최 여사를 명동에서 문우들과 함께 만나서 차도 들고, 약주도 같이 마시었으나, 그의 눈과 입술에는 언제나 가느다란 애수의 빛이 떠나지 않고 있었다.

그 애수의 빛은 두말할 것도 없이 '그이', 파인에 대한 처지에서 오는 것이라고 나는 늘 생각해 보았다.

○

6·25사변이 나기 일 년 전에 나는 포항으로 내려왔었다. 신약(身弱)한 나의 몸을 동해와 벗하며 한가히 살고자 함이었다.

푸른 바다와 흰 갈매기에 정이 들기 시작할 무렵 6·25사변이 터져서 부산까지 피난 갈 수밖에 없었다.

사변 중에는 우리들의 생명이 비운에 빠졌다는 것을 필설(筆舌)로 다 할 수 없지만 우리 문단에서도 말할 수 없는 비극이 연출되었던 것을 후에 알 수 있었다.

팔봉[78]이 서울에서 죽다살아난 것은 천명이라고 경하해 마지않지만, 춘원을 비롯해서 파인, 청천[79], 석훈[80], 그 외에도 여러 분이 납북되었다.

보전(普專)[81]시대에 나의 영문 은사이시던 백상규[82] 선생님이며, 평양의 애국지사 김동원선생님이며, 지훈의 부친 조헌영 씨며, 그 외 많은 납북 명사의 비운을 하루도 잊을 수 없을 것이다.

나는 최 여사를 생각할 때마다 파인을 생각하게 된다.

약 팔 년 전에 최 여사로부터 편지가 한 장 왔었다.

그 내용은 파인의 출판되지 않았던 시들을 모은 『돌아온 날개』를 출판하게 되었으니 그 신간평을 써서 보내달라는 것이었다.

편지와 함께 보내온 시집을 받았을 때 눈앞에서 볼 수 없었던

---

78 팔봉(八峯) 김기진(金基鎭, 1903~1985). 시인이자 소설가이며 문학평론가.

79 청천(聽川) 김진섭(金晋燮, 1908~미상). 수필가이자 독문학자.

80 이석훈(李石薰, 1908~미상). 소설가.

81 고려대학교의 전신인 보성전문학교(普成專門學校)를 말한다.

82 백상규(白象圭, 1880~1957). 경제학자이자 정치가. 보성전문학교 교수를 거쳐 대한적십자사 부총재를 지냈다.

파인을 대하는 듯이, 나는 한편 반가웠고, 또한 서운했다.

파인을 만나뵐 수 없는 것이 서운했고, 파인의 애국적 정열의 시들이 끼어 있지 않은 것에 더욱 서러운 마음이 들었다.

그러나, 지금은 그때 무엇이라고 썼는지 모르나 짧은 독후감을 써보냈던 기억이 난다.

파인의 애국적인 정열의 시들은 최 여사나, 어느 문학도들이 옛 일간신문을 한 장 한 장 들쳐가면 황금 노다지같이 찾아낼 수 있을 것이라고 나는 늘 생각하고 있다.

나는 파인의 정열적인 시라는 것을 제목조차 잊어버렸지만, 줄거리를 아직까지도 가끔 외고 있다.

파인의 원시(原詩) 그대로는 아니지만, 줄거리를 기억하는 대로 적어 보면 이런 것이 있다.

낮에 오 리 가는 소리
밤엔 십 리도 더 간다네.

밖에 누가 찾는 소리 나는 듯해
베개 위에 머리를 들었네.

귀에 손을 대고 들어봐도

나를 찾아주는 소리 없네.

먼 촌에서 들려오는
개 소리뿐이네

안타까이 기다려도 누 하나 찾지 않네
언제나 내 친구 나를 불러줄까!

○

시집 검열에는 시를 몇 편이고 삭제하지만, 일간신문에는 여백이 나는 것을 두려워하고, 신문의 생명이 1일뿐이라고 생각해서 그대로 검열이 통과되었던 것이 많았다고 생각한다.

그러므로 문학도들은 우리의 옛 신문들에서 일제시대에 수난을 받았던 문화재를 캐낼 수 있으리라고 생각한다.

○

지난 6월 26일, 포항에서 동해와 벗하면서 썼던 수필들을 추려서 『동해산문』이라는 보잘것없는 수필집을 하나 내놓고 출판기념회를 갖는 영광을 입었다.

최정희 여사로부터 온 축하 편지에는 이러한 1절이 있었다.

> 폭격에 부서지지 않은 복된 집에서 사랑하는 이들과 함께 오래 건강하십시오.

나는 또 한번 그의 애수적인 얼굴과 파인을 생각했다.

최 여사님, 우리 다 함께 오래오래 살아서 우리의 파인을 맞이합시다.

『현대문학』(1971. 7)

효석과 석훈

1

1934년 봄, 효석이 평양 숭실전문학교 문과 교수로 오게 되어서 평양은 다시 신문학운동의 부흥이 일어나기 시작했다.

당시, 민족문학 평론가로 예필(銳筆)을 드신 무애(无涯) 양주동 선생이 숭전(崇專) 문과 과장으로 계셨고, 이 년 후엔 석훈이 평양방송국으로 오게 되었다.

또한 『단층(斷層)』이라는 동인지를 발간하는 '단층' 동인이 십여 명 되었고, 그들 가운데서 남하한 문인으로는 김이석[83]과 양명문[84] 등이 있었다.

본래 평양은 신문학운동의 중견작가들이 많이 나온 곳이다.

김동인, 주요한, 주요섭, 전영택 제씨(諸氏)가 다 평양 태생이

---

83 김이석(金利錫, 1914~1964). 소설가.

84 양명문(楊明文, 1913~1985). 시인.

요, 황순원 씨도 평양 출생이다.

이런 시기에 나는 『백광』이라는 순문예지를 창간하여 신문학 운동에 참관(參關)하려 하였다.

그때, 문예잡지를 창간하는 데 공통적 난관이라는 것은 세 가지를 들고 있었다.

1. 자금난, 2. 원고난, 3. 검열난이었다.

『백광』은 제1인 자금난에 대해서는 걱정이 없었다.

『백광』은 평양의 자선가이시었던 백선행 여사의 기념사업재단에서 뒷받침해주었기 때문이었다.

제2의 난인 원고난도 난 중의 큰 난이었다. 당시에 조선문인협회에 기입(記入)된 문인이 불과 칠십여 인이었고, 그들의 반수는 각 지방에 흩어져 있었기 때문이었다.

미처 청탁한 원고가 오지 않으면, 돈을 한 뭉치 들고 서울로 원고를 사러 올라가야 했다.

현금으로 원고를 사오기는 수월했으나 백광사에는 돈이 많은 줄 알고 선금을 전보로 부탁하는 작가들의 편리를 보아주는 것은 그리 수월한 일이 아니었다.

원고난도 난이지만, 작가들의 생활난도 그와 상반(相伴)하고 있었다.

제3의 난인 검열난은 난 중의 난이었다.

국권을 찾은 현재에는 출판의 자유가 허용되어 있지만, 왜정 시대에는 신문, 잡지, 저술물의 원고는 물론이고, 연극, 라디오, 연설의 원고까지도 모두 총독부 도서과의 검열에 통과되어야 인쇄에 부칠 수 있었다.

말하자면 언론의 구속이고 압박인 것이었다.

검열에 통과되지 못한 작품에는 '전문 삭제'라는 빨간 인(印)이 찍혀져 나오기도 하고, 몇 행수(行數)를 따라 '2행 삭제'니, '5행 삭제'니 하는 식으로 삭제했다는 행수대로 빨간 줄과 '삭제인'이 찍혀 나왔다.

한두 자의 오자가 생겨도 문맥이 안 통할 터인데, 몇 자, 몇 행을 여백으로 남겨놓을 수도 없고 해서 삭제된 여백을 다섯 자면 ×××××, 이런 식으로 ×로 표했고, 몇 행이면 그 행수대로 ×자로 메우기도 했다.

검열 삭제를 잘 모르는 독자들은 처음에는 인쇄가 잘못되었거나 혹은 주자(鑄字)가 모자라서 ×로 표했나 하고 이상히 생각했으나, 그것이 총독부로부터 삭제가 된 부분이라는 것을 알게 됐을 때에는 분노와 반감을 갖게 되어 일종의 반정부적인 감정의 효과가 나기도 했다.

○

딴 이야기가 길어졌지만, 효석을 자주 만나게 된 것도 잡지 편집 때문이었다.

원고를 구하러 가끔 그의 집을 찾아가면, 그는 하학(下學) 시간 후에도 집에 있지 않았다.

그는 시간을 귀히 여기고, 규칙적인 생활을 좋아하는 서양풍의 신사와도 같았다. 그러나 서양풍의 사교는 좋아하지 않았고, 언제나 고독과 사색을 즐기며 혼자 다니기를 좋아하였다.

그를 만나기 쉬운 곳은 다방이었고, 특히 서양 고전음악의 판이 늘 돌아가고 있는 '세르팡' 다방이 그의 단골이었다.

그에게 원고를 청하면 한 번도 거절하지는 않았으나, 중앙에 보낼 것이 바빠서 쾌히 승낙해 주지 않았다.

"그렇게 바쁜가요? 아직 시일은 있지만, 짧은 것도 좋으니 단편을 하나 꼭 써주시오, 제발! 지방의 문화운동도 좀 생각해 주시오."

"그러지. 그리할 것이니 염려 마오!"

미소를 지으면서 이렇게 대답하는 그를 더 뭐라고 졸라댈 수도 없었다.

마감날이 오면, 그는 늘 심부름꾼을 시켜서 원고를 보내왔다.

반가워서 펴보면 단편이 아니고, 수필이었다.

또다시 그에게 단편을 간청하면, "이번엔 꼭" 하고 승낙을 하고도, 보내올 때에는 또 수필이었다.

「들」과 같은 명작은 으레 『조광』지 같은 중앙지에 뺏기는 것이 당연한 일이라고 생각하고 그만 체념해버리고 말았다.

그가 통속적인 대중소설을 제쳐놓고 순수문학적인 본격소설을 개척하기에 몰두하고 있던 것을 잘 알고 있었기 때문이었다.

사실, 그때 시인은 많았으나 단편을 쓰는 창작가는 그리 많지 않았다.

그러나 그는 나의 간청을 저버리지 않고, 거의 매호마다 수필을 써주는 신사도를 보여주었다.

지금은 제목조차 기억이 나지 않지만, 「낙엽기」, 「삽화」, 「소사(瑣事)」 등이 『백광』지를 통해서 발표된 것들이다.

그는 옷도 서구적인 것을 사랑했고, 음식도 서구적인 것을 좋아해서 평양 사람들이 즐겨 먹는 냉면도 맛이 없다고 했다.

> 평양 온 후로는 까딱 냉면을 끊어버린 까닭에 냉면의 진미를 아직 모르고 있습니다. 그렇다고 다시 시작해 볼 욕심도 욕기도 나지는 않습니다.
>
> 냉면보다는 되려 온면을 즐겨해서 이것은 꽤 맛을 들여

놓았습니다.

-「유경식보(柳京食譜)」 부분

그가 영국이나 호주의 신사들이 겨울에는 맥주를 데워서 마신다는 것을 알고 있었는지는 몰라도, 그가 서구적인 식성을 갖고 있는 것은 분명하였다.

또한 그는 날씬한 신사와 같은 체격을 갖고 있었고 서구적인 스포츠를 좋아했다.

물론 스포츠의 대부분이 서양에서 왔지만 그는 특히 스릴이 있고, 멋이 있는 스포츠를 좋아했다.

대동강의 빙상 위에서 스케이트를 타지 않으면, 스키를 갖고 산에 오르는 것이 그의 겨울방학의 일과이다 싶었다.

만일 그가 지금까지 생존해 있었다면, 으레 골프를 쳤을 것이라고 생각되었다.

○

잡지에 실릴 원고가 모자라면 가끔 문인 좌담회를 열었다.

한번 기자림(箕子林) 숲속에 있는 을송정(乙松亭)이라는 요정에서 가졌던 좌담회 때에 재미있었던 일이 기억이 난다.

그때 십여 인의 문인이 모였는데 효석, 석훈 또 양주동 선생도 참석했었다. 나는 속기를 맡아보고 있었다.

좌담회가 끝날 무렵에 어떤 분이 이런 말을 꺼냈다.

"요새, 서구의 모든 문학작품과 회화까지가 평범하고 단순하게 표현되는 것이 유행인 것 같애요."

그때 석훈은 이렇게 발언했다.

"시간도 경제(經濟)해야 하는 시대이니까 단순화하는 경향이 옳은 것이지요. 요새 콩트라는 엽편소설(일본에서 콩트를 엽편이라고 번역했었다.)이 일본에서도 많이 유행하지 않아요!"

효석은 이에 반대해서 이렇게 말했다.

"프랑스의 어떤 작가는 낙엽 한 이파리가 떨어지는 과정을 갖고도 한 권의 책을 썼는데, 완벽한 작품을 창작하려면 거기에 필요한 온갖 예술적인 표현이 필요할 것이오."

처음에 말을 꺼냈던 이가 또 이렇게 말을 했다.

"피카소의 그림은 얼마나 단순합니까! 직선, 횡선, 동그라미 몇 개만 섞어 놓으면 명화라고 평판이 되는데……."

양주동 선생은 총평의 결론을 맺는 듯이 이렇게 말했다.

"피카소 그림의 단순성은 이집트 고화(古畵)의 단순성과는 판이한 것입니다. 이집트의 고화는 가령, 물고기를 그린다 하면, 물고기의 생긴 모양의 윤곽을 길고, 둥글하게 그리고 나서, 동그라미 하나로 눈을 표시하고, 우물 井자 하나로 비늘을 표시하는 단순성 그대로의 단순한 그림이지만, 피카소 그림의 단순성은 판이하게 다른 것입니다. 피카소의 단순성은 모든 복잡성을 지나서 그것을 다시 단순화시킨 것입니다. 다시 말하면, 이집트 그림의 단순성은 단순 그대로의 단순이요, 피카소의 단순성은 모든 복잡성을 내포하고 있는 단순성입니다."

재미있는 이런 좌담을 끝내고 마시는 술은 즐거웠고 맛이 있었다.

어느 가을날 아침에, 기림리(箕林里) 숲 옆에 있는 효석의 집을 찾아갔다. 마침, 일요일이어서 집에 있었다.

"오늘이야 집에서 만나겠군요."

하고 기뻐하자,

"아, 참 잘 오셨소! 들어갑시다."

이렇게 말하던 그는 마당 한편에서 누런 낙엽들을 쓸어모아서 불을 살라놓고 있었다. 노오란 은행잎들과 누런 포플러 이파리들이었다.

아침 공기를 뚫으면서 하얀 연기가 뜰 안을 휘감고 있는 것을 보고 서 있던 나를 보고, 그는 웃는 얼굴로,

"냄새가 참 좋지요? 불란서 코티 향수의 냄새보다 더 좋지 않아요? 양주 한 잔 드릴 터이니 안으로 들어갑시다."

하였다.

나는 양주라는 말에, 대답할 사이도 없이 그의 서실로 들어갔다.

그는 「낙엽기(落葉記)」를 쓴 지 오 년이 채 못 되어서 36세의 아까운 청춘으로, 한여름에 떨어지는 낙엽과 같이 인생을 버리고 말았다.

2

석훈은 평양방송국에 근무하였고, 나는 잡지를 만들고 있었으므로 자주 연락이 있었다.

효석은 서구의 신사 같은 타입이었지만 석훈은 키가 크고, 늠름하고, 평민 타입으로 미국의 평민 타입을 대표하던 배우 게리 쿠퍼[85]와 같은 인상을 주는 쾌남아였다.

그의 부탁으로 수삼차(數三次) 영미문학에 대한 방송을 할 기회를 얻었다.

그러나 한번은 그와 내가 검열의 화(禍)에 부닥쳤다.

그것은, 그가 나에게 색다른 방송을 하라고 권하면서, 「미국의 흑인문학」에 대해서 이야기하면 새로운 맛이 있을 것이라고 부

---

85 게리 쿠퍼(Gary Cooper, 1901~1961). 미국의 영화배우로 아카데미 남우주연상을 두 번 받았다.

탁을 했던 때였다.

20분간 이야기할 방송원고를 만들어서 일주일 전에 그에게 보내고, 그것이 평양도청을 거쳐서 총독부 도서과를 통과해서 나와야 했었다.

원고를 써 보낸 지 며칠 후에 석훈이 도청에 불려가서 톡톡히 훈시를 받고, 또 사무상에 '실수'를 하였다는 '시말서'를 쓰고 나왔다는 이야기였다.

"한 형, 미안해. 흑인문학에 대한 방송원고는 전문 삭제를 당했어."

나는 아무 말도 하지 않고, 상기된 그의 얼굴만 바라보고 있었다. 그는 곧 말을 이었다.

"개자식들! 오해를 할까 봐 삭제를 했다구! 참!"

호인 타입인 그의 얼굴이 분노에 넘쳐서 어쩔 줄을 모르는 표정이었다.

그의 말을 들어보면, 나의 원고는 청취자들에게 오해를 사기 쉬우므로 전문 삭제를 했다는 것이 일인 검열관들의 구실이라는 것이었다.

나의 원고 줄거리는 이런 것이었다.

흑인들은 아프리카의 원시림 속에서 백인들에게 납치되

어 자연과 자유를 빼앗긴 채 미국의 신대륙에서 노예 생활을 하게 되었다.
그들의 문학은 노예해방을 전후해서, 이 비참한 노예 생활을 그려낸 것이다.
흑인 시인 랭스턴 휴스[86]의 시에는 이런 구절이 있다.

이 세상의 검둥이들은
무엇하려고 태어났을까!
이 세상엔 목화 딸 사람이 없어서
우리 검둥이가 태어났다네.

조지아나 텍사스주의 목화밭에서 일을 하고 있는 흑인들 사이에서는 이런 노래가 들려오고 있습니다. 흑노(黑奴)들은 아프리카의 바나나 숲 위로 떠오르는 태양을 동경하고 늘 고향의 집을 안타까이 그리워합니다.
그들의 시나 노래의 주제는 모두 집을 생각하고, 고향을 찾자는 것입니다.
「버지니아의 나의 집」이라든지, 「켄터키의 옛집」, 「스와니강가의 나의 집」, 「행복한 집, 나의 집(Home, Sweet

86 랭스턴 휴스(Langston Hughes, 1902~1967). 미국의 흑인 시인이자 소설가로 1920년대 흑인 문예부흥의 기수.

Home)」 등, 그들은 언제나 그들의 옛집, 그들의 고향을 안타까이 그리워하고 찾으려고 울부짖고 있는 것입니다.

이렇게 나는 흑노들이 '집', '고향'을 동경한다는 것을 강조하면서 - 우리도 잃어버린 우리의 집, 우리의 조국인 대한을 찾아야 하겠다는 것을 은유로 삼아서 썼던 것이었다.

약삭빠른 일본 관리들이 그것을 모를 리가 없었다.

"자식들! 청취자들이 오해할까 봐! 오해할까 봐 너희는 걱정이지만, 우린 이해를 못할까 봐 걱정인데."

석훈과 나는 서러이 마주 바라보면서 쓴웃음을 웃고 말았다.

그 후 석훈은 이것이 마음에 늘 걸려서인지, 서울 조선일보사 출판부로 전직을 해서 『여성』지와 『소년』지를 편집하였다.

나는 지나사변(支那事變)이 대동아전쟁(大東亞戰爭)으로 확대되는 바람에 '요시찰인'으로 끌려다니다 못해, 강서군에 있는 조상의 농촌으로 낙향하여 과수원에서 세월을 보내고 있었다.

1945년 8월 15일, 해방이 되자 9월 1일, 나는 제일 먼저 고향을 뒤로 두고 서울로 뛰어올라왔다.

적도(赤都)의 평양은 내가 살 곳이 못될 것을 잘 알았기 때문이었다.

그해 11월에 우리의 온 가족이 삼팔선을 넘어서 무사히 상경하는 데 성공을 하였다.

남산 아래 필동에 집을 하나 마련해서 살고 있을 때 석훈이가 어떻게 알고 찾아왔었다. 5, 6년 만에 만나게 되어 무척 반가웠다.

둘이서 명동에 나갔는데 술집으로 들어가려는 나를 붙잡고, 그는 다과점으로 들어가서 생과자를 한 접시 청했다.

그는 술과 담배를 끊었다고 하면서 미군들이 가져온 포켓북 한 권을 꺼냈다.

그리고 이런 구절을 해석해 달라고 했다.

"Park your ass on the stool!"

이것은 속어(slang)가 되어서 속어를 모르면 뜻을 알기 힘들 것이라고 하고, 그 뜻을 풀이해 주었던 일이 있었다.

그는 전부터 노어(露語)를 전공하고 있었는데, 영어 공부도 착실히 하고 있는 것을 알 수 있었다.

그 후 며칠 지나지 않아서, 그는 해군복 차림으로 나를 또 찾아왔다. 나는 깜짝 놀랐다.

"가족이 많고, 큰 애들은 대학을 다니는데, 학비도 댈 길이 막연하고 해서……하는 수 없이 군문(軍門)에 들어갔어. 그래도 군의 초년병을 중위의 장교로 대우해서 생활을 보장해 준다니 고마워."

그는 자기의 생활 형편을 솔직하게 설명하면서 쓸쓸한 표정을 하였다.

그날, 둘이서 빈대떡과 소주를 잔뜩 마시고 작별하게 된 것이 오늘까지 다시 만날 수 없는 한이 되어, 늘 가슴속이 안타까운 것이다.

여수·순천 반란 사건 때 그가 진압군의 해군 소령이라는 것을 신문에서 잠깐 보았고, 6·25사변 중에 행방불명이 되었다는 뉴스를 들었을 뿐, 생사를 알 길이 없어서 더 안타까운 일이다.

언제 또다시 만나볼 수 있을까.

석훈은 나보다 한 살 위다.

『현대문학』(1971. 6)

예술가 안익태

— 젊은 시절의 교우기 —

이 교우기는 픽션적인 소설이 아니고, 나의 죽마교우(竹馬交友)인 안익태 씨와 미국에서 같이 고학하던 젊은 시절을 사실대로 기록해 두려는 것이다.

이 시절은 그의 일생에서, 음악학도로서 가장 중요한 20대의 청춘기였던 것이다.

나의 기억에서 상실된 것은 아쉽게도 잃어버린 사실이 있을지언정, 픽션적인 이야기는 한 오라기도 첨가하지 않고, 다만 옛 기억을 하나하나 더듬어 가는 이야기체로 기록해 두려는 것이다.

1. 고학의 길

○

내가 공부하고 있는 곳은 미국의 제3도시로 알려져 있는 필라델피아다.

미국 독립전쟁 때 워싱턴이 도강작전을 친히 지휘하였다는 델라웨어(Delaware)강이 도시 한쪽을 흘러서 대서양으로 빠져나간다.

이 강의 맞은편에는 캠든(Camden)이라는 작은 도시가 있다. 이 도시는 미국의 선구 시인이라고 불리는 월트 휘트먼이 출생한 곳으로 알려졌고, 그의 기념관이 있는 곳이다.

필라델피아는 역사의 도시로서 미국의 독립을 선언하던 독립관과 자유의 종이 놓여 있는 곳이다.

백화점을 맨 처음으로 시작한 존 와너메이커[87] 씨의 백화점을 비롯해서 상가는 한없이 번창하다.

우리나라 서울 종로에 YMCA를 지어준 이가 바로 이 백화점왕인 와너메이커 씨인 것이다.

---

87 존 와너메이커(John Wanamaker, 1838~1922). 미국의 체신부장관 등을 지냈다.

그는 다른 나라에도 수십 개의 YMCA를 지어준 일이 있다.

근 400만의 인구가 살고 있는 이곳에는 고층 건물이나, 유명한 고적도 많지만 그 가운데도 시립도서관과 국립미술박물관은 미국에서도 가장 유명한 건물이다.

나는 지금 오른편에 도서관을 끼고 멀리 미술박물관을 바라보면서 왼쪽으로 보이는 펜실베이니아 정거장으로 가고 있다.

지금 나의 시계는 오후 3시가 넘었는데, 약 20분 후에는 고향 친구인 안익태가 오하이오주에서 기차로 나를 찾아오기로 되어 있다.

안은 나보다 나이가 세 살이 더 많고, 중학에서도 나의 선배이지만, 나이 차이를 가리지 않고 친해 온 친구다.

나는 미국에 온 지가 사 년이나 되고 김블(Gimble)백화점에서 일자리도 갖고 있으므로 고학을 하는 데 별 지장이 없었으나, 안은 미국에 온 지가 일 년도 못 되었다.

오하이오주 신시내티음악학교에서 고학을 하고 있었으나 도저히 힘들어서 못 견디겠다는 편지가 여러 번 왔다.

작은 도시에, 작은 학교에 고학하는 한국 음악생이 삼사 명이나 붙어 있었기 때문이다.

박태준[88], 박경호[89] 등 작곡가와 피아니스트들이 다 이 학교에서 고학을 하고 있었다.

미국의 경기도 좋지 않은 때라, 새로 도미(渡美)한 안은 견디기가 어려워서 나를 찾아온다는 편지를 여러 번 보내던 끝에 겨우 여비를 장만해서 나를 찾아오는 것이었다.

그것보다도 여기로 오고자 하는 더 큰 이유가 있었다. 그것은 필라델피아가 음악의 도시라는 것이다.

세계적으로 유명한 바이올리니스트인 짐발리스트[90], 엘먼[91], 크라이슬러[92] 씨 등이 다 이곳 커티스음악학교[93]에 있기 때문이다.

또한 심포니 오케스트라의 명지휘자인 스토코프스키 씨도 이곳에 있었다.

그러니까 음악을 지망하는 첼리스트 안익태가 이곳으로 오려고 애쓴 것은 당연한 일인 것이다.

이 필리(필라델피아의 약칭)에서는 아침마다 전차, 버스, 지하철에 오르내리는 사람 중에 악기를 옆에 끼든지, 들고 다니는 사

---

88 박태준(朴泰俊, 1900~1986). 작곡가. 「오빠 생각」 등을 작곡했으며, 연세대 음대 교수 등을 역임했다.

89 박경호(朴慶浩, 1898~1979). 피아니스트이자 지휘자이며 음악평론가.

90 에프렘 짐발리스트(Efrem Zimbalist, 1889~1985). 러시아 출신의 미국 바이올리니스트.

91 미샤 엘먼(Mischa Elman, 1891~1967). 러시아 출신의 미국 바이올리니스트.

92 프리츠 크라이슬러(Fritz Kreisler, 1875~1962). 오스트리아 출신의 미국 바이올리니스트.

93 커티스음악학교(Curtis Institute of Music)는 1924년 메리 루이즈 커티스 복(Mary Louise Curtis Bok)이 설립했다.

람을 수없이 볼 수 있다. 다섯 살밖에 안 되어 보이는 어린 소년이 바이올린을 끼고 다니는 것을 보는 것도 드문 일이 아니다.

왜냐하면, 이 음악의 도시에는 음악으로 사는 사람, 또는 음악으로 출세하려는 음악생이 십만 명도 더 된다는 것이다.

내가 정거장 안으로 들어가서 승객들이 나오는 출구에 섰을 때에는 이미 승객들이 나오기 시작했다.

젊은 부부인 듯한 사람들은 서로 얼싸안고 키스를 하며 멋지게 바라보며 웃기도 한다.

가슴을 울렁거리며 내가 초조히 기다리고 있던 안은 한 손에 첼로를 들고 또 한 손엔 가방을 들고, 검은 네모테의 안경을 쓴 파리한 얼굴을 나타내었다.

"익태!"

나는 고함을 지르고, 손을 높이 쳐들고 흔들었다.

"어! 한 군!"

그도 반가운 얼굴을 하면서 고함을 질렀다.

그가 출구로 나오자, 짐을 놓고 두 손으로 나의 팔을 잡았다.

"야, 이거 얼마 만인가!"

우리도 키스라도 하고 싶을 정도로 반가웠다.

중학 시절에 고향에서 떨어진 지 십여 년 만이었다. 그러나 나이 아직 27, 8세라 더 늙지도 않고, 젊어지지도 않고, 아무 변화가 없는 것 같았다.

"오늘이 며칠이지?"

그는 이렇게 물었다.

"아니, 세월 가는 것도 모르나."

"오늘을 기억해 두세, 우리가 이 먼 나라에서 만난 날을!"

그의 센티한 성격은 전과 다름이 없는 것 같았다.

"오늘이 바로 1932년 2월 3일일세."

"커티스음악학교에서 장학생을 뽑는 시험이 엿새밖에 안 남았어."

그는 만나는 순간부터 자기 앞날에 대한 사무적인 이야기부터 했다.

"꼭 들도록 해봐야지."

나의 일인 듯이 염려하며 대꾸하였다.

"세계의 천재들이 다 오는데 그렇게 쉽게 걸리게 되겠는지 문제야."

"잘해보세나. 짐을 갖다두고 거리 구경도 하고 산책이나 해보세."

우리는 짐을 택시에 싣고 집으로 돌아왔다.

○

집에서 나오자 안과 나는 필리의 종로 격인 마켓(Market) 거리를 두루 구경하고, 시청을 돌아서 도서관 앞으로 나왔다.

도서관 앞에는 셰익스피어 흉상이 서 있었다. 검은 대리석대 위에 가슴까지만 보이는 검은색으로 된 동상이었다.

동상 앞으로 다가서자 나는 모자를 벗었다. 안도 모자를 벗었다. 우리는 고인의 예술에 대해서 머리를 숙여 경의를 표했다.

그 동상 아래 검은 대리석 위에는 셰익스피어의 명구가 새겨져 있었다.

> All the world's a stage,
> And all the men and women merely players;
> 세계는 무대요,
> 사나이들과 여인들은 한낱 배우들이다.

우리 둘은 한참 이 명구절을 들여다보면서 아무 말도 없이 서 있었다.

도서관에는 다음에 들어가기로 하고, 안과 함께 미술박물관으로 발걸음을 돌리었다.

"왜 그렇게 천천히 걷나? 걸음을 걸어도 박자를 맞추고 리듬이 있게 이렇게 걸어야지!"

갑자기 안은 두 어깨를 우쭐대고, 발뒤축을 높이 떼었다 댔다 하면서 멋지게 걸어갔다. 나도 그의 말이 옳다고 생각하였다.

과연 걸음걸이도 멋지게, 기운차게 음악적으로 걷는 것이 옳다고 생각하였다.

그러나 나는 안에게 지지 않으려고 이렇게 말하였다.

"이 사람아, 이 세상엔 음악이면 제일인가! 나는 철학가이거든. 이렇게 천천히 걸으면서 사색을 하는 거야. 지금 우리는 이 거리를 걷고 있지만 지구 위를 한 발자국 한 발자국 걸어가고 있지 않는가 하는 사색을 하면서 걸어가는 것이야."

나는 더 천천히 걸었다.

"그것도 일리가 있는 듯하이. 어쨌든 길을 걸으면서도 사색을 하는 것도 좋고, 발걸음과 리듬을 맞추어서 음악적으로 걷는 것도 좋은 것이야."

안은 언제나 모든 것을 음악적으로 보려고 하였다.

도서관에서 미술박물관까지 가는 길 중간에는 프랑스의 유명한 로댕의 기념관[94]이 있었다.

이 기념관 정문 앞에는 로댕의 대표적 작품인 「묵상하는 사나

---

94 로댕미술관(Rodin Museum)을 말한다.

이」의 좌상이 놓여 있었다.

우리는, 팔꿈치를 무릎 위에 놓고, 손으로 턱을 괴고, 무엇인가 묵상하고 앉아 있는 로댕의 명작을 한참 바라보면서 서 있었다.

"로댕은 미켈란젤로와 함께 영원히 자랑할 수 있는 조각가야."

안은 감격하는 어조로 이렇게 말하였다.

우리는 다시 메이플(Maple)의 나목들이 줄지어 서 있는 넓은 거리를 걸어서 미술박물관으로 갔다.

하얀 대리석으로 세운 웅장한 미술박물관 앞에 여러 층대로 되어 있는 돌계단을 우리는 하나하나 걸어 올라갔다.

로마의 어떤 고적인 것같이, 전면 현관의 대부분은 수십 개의 아름드리가 넘는 인조대리석의 굵고 높은 기둥이 세워져 있었다.

오색의 찬란한 색깔을 지닌 이 대리석 기둥들을 한 번씩 돌아가면서 손으로 만져보았다. 오히려 인조석이 자연석보다 더 아름다운 것 같았다.

안으로 들어가도 벽과 바닥이 모두 인조대리석으로 되어 있어서 큰 궁성에나 들어선 것 같았다.

벽 위에 전시되어 있는 명화들은 거의가 다 프랑스의 작품이었는데 모두 고가를 주고 사들인 원화였다.

자기의 귀를 자기의 손으로 자르고서 그렸다는 고흐의 자화상과 불타오르는 듯한 「해바라기꽃」 등도 볼 수 있었고, 세잔의 풍경화와 정물도 여러 폭 볼 수 있었다.

그 밖에 드가, 반 동겐[95], 아망 장[96], 고야 등의 그림들도 볼 수 있었다.

영국, 독일, 이탈리아, 네덜란드, 벨기에, 스페인, 포르투갈 등의 그림도 많이 걸려 있었으나 미국의 그림은 수채화 몇 폭만 걸려 있을 뿐이었다.

말하자면, 미국은 역사가 얕으니까 박물관에 들어갈 만한 그림이 그리 많지 않은 모양이었다.

그림에 취해서 아무 말 없던 우리들은 밖으로 나오자 현관 앞 층대에 앉아서 살아갈 이야기를 주고받았다.

"그래, 시험을 볼 때까지는 내 방에서 같이 지내야지?"

나는 단도직입적으로 안에게 이렇게 물었다.

"그렇지. 돌아갈 여비도 없는 걸."

안은 이렇게 두어 마디 하자, 자기도 모르게 그 작은 눈을 더 작게 하면서 돌층층대를 내려다보았다.

"응. 염려 말게. 자넨 담배도 술도 안 먹으니까 그리 큰 비용이야 들겠나. 나하고 한 침대에 자면서 부부같이 지내면 안 되겠나."

---

95 키스 반 동겐(Kees van Dongen, 1877~1968). 네덜란드 태생의 프랑스 화가로 야수파 운동에 참여했다.

96 에드몽 아망 장(Edmond Aman-Jean, 1860~1936). 프랑스의 상징주의 화가.

응당 나는 이렇게 대답을 하였으나, 혼자 벌어서 둘이 고학을 한다는 것은 그렇게 수월한 일이 아니라는 것을 속으로 걱정하지 않을 수 없었다.

"장학생 시험에 꼭 패스를 해야겠어!"

안은 이렇게 결심하는 빛을 보여주었다.

"너무 걱정 말고 힘써보게. 우리의 정열이면 무엇이나 이루어지겠지. 그럼 집으로 돌아가세."

안과 나는 일어서서 층층대를 하나씩 걸어 내려왔다.

길가에 서 있는 메이플 나뭇가지들은 석양의 놀을 받아서 불그레한 빛을 띠기 시작하였다.

○

아침부터 저녁까지, 저녁부터 자정까지, 또 새벽 세 시부터 조반 때까지, 안은 거의 쉬지도 않고, 자지도 않고 첼로만 연습하였다.

며칠 동안은 잠을 잘 수 없을 정도였으나, 나도 첼로 소리에 만성이 되어버렸는지, 오히려 그 소리를 들어야 잠이 더 잘 오는 것 같았다.

요새는 방학 때라 신문, 잡지 외엔 별로 독서도 아니 하기 때문에 나에게 방해가 되기는커녕, 매일 첼로 연주회에서 살고, 자고 하는 느낌을 주었다.

오늘도 안은 새벽부터 일어나서 첼로를 안고 눈을 감은 채 첼로의 줄을 열심히 긋고 있었다.

침대 위에서 눈만 뜨고 누워 있는 나에게는 그의 모습이 얼마나 성스럽고 아름다운지.

(젊은 예술가!

인생은 짧고, 예술은 길다,

참으로 그렇다!

젊은 예술가, 이 얼마나 아름다운 인생인가.

예술은 인간에게만 있는 것이다.

예술로써 우리나라를 빛내라.

너는 천재다! 저런 불꽃 같은 노력과 열정을 갖고서야 성공하지 못할 것이 어디 있겠는가.

나는 침대 위에 가만히 누워서 이러한 생각을 하면서 안의 첼로에서 우러나오는 멜로디를 듣고 있었다.

이때 누군가 밖에서 문을 요란하게 두드리고 있었다.

안이 첼로를 멈추고, 나도 얼핏 침대에서 일어나서 실내복을 떨쳐입고 문을 열어보았다.)

"굿모닝!"

나는 문밖에 서 있는 뚱뚱한 중년 사나이에게 아침 인사를 하였다.

"난 너희들에게 항의할 것이 있어서 온 것이다!"

그는 아침 인사도 아니 하고 이렇게 계속하였다.

"나는 바로 이 아랫방에서 살고 있는 사람이다. 밤늦게까지 일을 하는 사람인데 집에 돌아와서 잠이 채 들기도 전에 너의 방인 윗방에서 천둥벼락을 치는 소리같이 첼로 소리가 온 천정을 울려놓으니, 내가 어떻게 잠을 자겠나 말이야. 내가 아무리 참으려고 애를 써도 잠을 못 자서 화만 나니 더 참을 수 없단 말이야! 그러니까 오늘부턴 오전 여덟 시가 지나가기 전엔 아예 첼로를 긁지 말아 달라는 말이야! 그렇지 않으면 내가 정신병원으로 가게 되든지, 자네들이 딴 데로 이사를 해야 해! 그놈의 G선을 뿌욱 그을 때는 내 불알까지도 흔들려서 소름이 끼칠 정도야."

그는 이렇게 떠들고, 머리를 좌우로 흔들고, 두 손을 쳐들어 흔들어댔다.

"알겠습니다. 참으로 미안하게 되었습니다. 앞으로는 주의하겠으니 돌아가십시오."

나는 이렇게 공손히 대답하여서 그를 돌려보냈다.

"한, 무엇 때문에 와서 떠들어?"

안은 첼로를 안고, 앉은 채 나에게 이렇게 물었다.

그는 아직도 영어에 능숙하지 못하기 때문에 어떤 영문인지 알아듣지 못한 모양이었다.

그래서 나는 그 미국 사람이 이야기하던 것을 그대로 설명하여주었다.

"그러면 야단인데. 시험날이 이틀밖에 안 남았는데. 다른 데 가서 연습할 곳도 없고."

안은 아직도 첼로를 놓지 않고 이렇게 걱정을 하였다.

"밤 자정부터 아침 여덟 시까지는 잠을 푹 자면서 쉬게나. 그 밖의 시간만 연습해도 충분하지 않나."

나는 이렇게 권하였다.

"별 수 없지, 그렇게 하는 수밖에."

안도 이렇게 결심할 수밖에 없었다.

조반을 먹자, 안은 또 첼로를 안고 연습을 하였고, 나는 모자를 쓰고 일터로 나갔다.

○

꿈속에서 나는 비엔나의 어떤 공원을 찾아가는 길에서 예쁜 처녀애들을 만났다.

그들은 나의 두 손을 잡기도 하며 등을 밀기도 해서 장미꽃이 우거지고 푸른 잔디가 곱게 깔린 어떤 공원으로 이끌고 갔다.

나는 그들의 가운데 앉아서 멀리서 들려오는 교향악 소리를 들었다. 더구나 굵고 가냘픈 첼로 소리에 귀를 기울이고 있었다.

옆에 앉았던 처녀 하나가 일어서면서 나의 손을 잡고 어디로 가자고 흔들어댔다.

꿈에서 깜짝 깨어나니, 안이 어느새 일어나서 있다가 잠들고 있는 나의 손을 잡아 흔들고 있었다.

나는 눈을 번쩍 뜨고 그의 얼굴을 쳐다보았다.

"누가 와서 문을 두드려."

안은 초조해진 음성으로 말하였다.

나도 문이 있는 쪽으로 귀를 기울였다.

"문을 여시오! 빨리! 할 말이 있으니!"

나는 일어나서 실내복을 어깨에 걸치자 곧 문으로 가서 문을 열었다.

"당신들은 약속을 지키지 않았으니까 오늘부턴 딴 곳으로 이사를 가오. 내가 정신병원에 가기 전에 빨리 나가시오. 이제 집주인 할머니도 오실 게요."

아랫방에 있다는 뚱뚱하고 코가 큰 친구는 볼이 늘어져서 이렇게 떠들어댔다.

"안! 또 첼로를 했나?"

묻지 않아도 첼로가 의자 앞에 놓여 있었으니까 알 일이지만 작은 소리로 안에게 물었다.

"했어. 슬리퍼를 첼로 아래에 괴어놓고 했는데……."

안은 미안하다기보다 황급한 얼굴을 하였다.

"좋아! 염려할 것 없어. 이 집을 떠나야 해. 옛날 집이라 방바닥이 마루여서 그럴 거야."

나는 안에게 이렇게 위로하였다.

얼마나 열심이기에 자지도 않고 세 시부터 일어나서 연습을 했을까. 내일이 바로 시험을 보는 날이기도 하지만 그의 열정에는 나의 머리가 수그러지지 않을 수 없었다.

오죽이나 안타까워서 슬리퍼를 받쳐놓고까지 연습을 할 생각을 하였을까.

"좋습니다! 이제부터 첼로 소리를 내지도 않고, 오늘 안으로 이사를 할 터이니 안심하시고 정신병원에 가실 생각을 마시오."

나는 자세를 바로하고 똑똑한 목소리로 그 뚱뚱한 친구에게 선언을 하였다.

"미안하오. 첼로 소리만 없었으면…… 나도 객지를 돌아다니며 홀아비 생활을 하는 처지인데…… 매우 미안합니다."

아랫방 친구는 또 머리를 설레설레 흔들면서 아래로 내려가 버렸다.

"내일이 시험인데 갑자기 어디 가서 방을 얻나?"

안도 적이 근심스러운 표정을 하였다.

"걱정 없어. 오늘 하루 일을 쉬고라도 내가 방을 얻을 터이니까. 이 넓은 도시에 방이 없겠나."

이렇게 말을 하였으나, 참으로 방을 얻기는 힘들었다.

이 하숙에 올 때에도 여러 곳을 쫓아다녔으나, 피부색이 다른 동양 사람이라고 해서 거절만 당했던 경험이 아직도 생생하였다.

(흑노를 해방하고 자애 평등을 주장한 에이브러햄 링컨 대통령이 간 지도 오랜데 아직도 인종 차별을 두는 것이 무슨 민주주의인가.)

나는 이렇게 원망도 해보았다.

그러나 방값이 싸고, 방도 얼마든지 있는, 흑인들이 사는 동리에는 가고 싶지가 않았다.

나는 백인이 동양 사람을 차별하는 것을 미워하고 원망하면서도, 나 자신 흑인들과 가까이하기를 꺼리고 싫어하지 않는가.

사람이야말로 미묘한 감정을 가진 동물이라고 생각해 보았다.

이제 또 이러한 어려운 일에 애를 먹을 생각을 하니 기가 막힐 지경이지만, 나의 둘도 없는 친구요, 우리나라의 천재 예술가인 그를 위해선 무엇이라도 해야 하고 도와야 하겠다는 결심을 더욱 굳게 하였다.

이러한 생각에 잠겨 있을 때 주인 할머니가 와서 문을 두드렸다.

"들어오십시오. 안녕하십니까?"

"굿모닝!"

할머니는 문을 열고 들어서면서 우리들에게 인사를 하였다.

그는 언제나 나에게 상냥하였고, 누구에게나 친절한 독일 계통의 할머니였다.

그리고 나와 같은 제10장로교회에 다니는 크리스천이었다. 내가 그의 방을 얻게 된 것도 예배당에서 알선해 준 것이었다.

"할머님, 여기에 앉으세요."

나는 할머니에게 의자를 권하였다. 그도 의자에 걸터앉았다.

"아니, 미스터 한! 무엇 때문에 아랫방 사람과 논쟁을 했고, 무슨 약속을 이행하지 못해서 방에서 나가라고 하는 겁니까?"

그는 말을 마치자, 울분해진 나의 얼굴을 향해서 너그러운 웃음을 보여주었다.

"다름이 아니라, 나의 친구 안이 내일 커티스에 장학생 시험을 치기 위해서 새벽 일찍부터 첼로 연습을 해왔습니다. 그런데 마루방이고 보니 그 소리가 아랫방에선 굉장할 거예요. 그래 어제 아침에 올라오더니 아침 여덟 시 전엔 안면 방해가 되니 연습을 하지 말라, 또 하는 경우에는 너희들이 이사를 나가거나 내가 정신병원엘 가야 하겠다. 이래서 다시는 안 하기로 약속을 했지요."

"그런데……."

"그런데 미스터 안이 내일이 시험이라, 한 시간이라도 더 연습을 할 욕심에 슬리퍼를 두 개씩이나 겹쳐놓고 그 위에다 첼로를 세우고 새벽 세 시부터 연습을 하다가 또 논쟁이 났고, 우린 약

속대로 이사를 하겠다고 말했지요."

나는 아직도 울분한 기분을 가시지 못한 채 이렇게 설명하였다.

"응, 그래요. 그럼, 어디 말해둔 방이 있는가요?"

할머니는 서운해하는 표정과 동정하는 태도를 보였다.

"없습니다. 막연합니다. 하루 일을 못하더라도 싸다녀봐야지요. 할머니가 아시는 데 있으면 좀 소개해주십시오."

나는 할머니의 얼굴을 쳐다보았다.

"그러지 말고 좋은 수가 있어요. 내일이 시험이라니까 내 손자 방을 임시로 빌려줄 터이니 미스터 안은 그 방에 가서 마음껏 밤을 새우면서라도 연습을 하라지요. 손자애가 방학 중이라서 어디 여행 중이니까. 그리고 아래층이고 구석진 곳이니까 아무도 뭐라고 말할 사람은 없어요."

할머니는 눈가에 있는 주름살을 더 깊게 하면서 인자한 웃음을 웃어 보였다.

"아니, 미안하지 않습니까. 참으로 고맙습니다."

나는 참으로 고마워서 무어라고 할지 몰랐다. 안도 고개를 끄덕이며 감사하다는 표정을 하였다.

"미안할 것은 없어. 하룻밤이니 마음 놓고 연습을 해요. 커피도 많이 끓일 터이니. 우리 영감도 바이올린을 꽤 잘했고, 우리 큰애는 첼로를 배우다가 말았지."

할머니는 말끝을 흐리고 잠시 방바닥을 내려다보았다.

할머니의 영감도 돌아가시고, 아들 삼 형제도 다 제1차 세계대전에 나가서 돌아오지 못한 때문이었다.

"그러면 만사 오케이지요?"

할머니는 의자에서 일어나면서 웃었다.

"네, 만사 오케이입니다! 감사합니다. 할머님!"

안과 나는 두 손을 마주잡고 웃었다.

2. 노부부의 온정

○

안은 커티스음악학교에서 장학생 시험을 보았으나 아깝게도 떨어지고 말았다.

일곱 명을 뽑는데 아홉째가 되었고, 응시한 사람은 서른 명이나 되었다.

첫째로 뽑힌 사람은 첼로를 하는 십칠 세의 소녀였다. 참으로 놀랄 만한 천재 소녀라고 아니 할 수 없었다.

왜냐하면, 열째로 떨어진 사람도 캐나다에서 온 서른이 넘은 청년으로 캐나다에서 삼십 회 이상의 연주회를 가졌고, 일류 바이올리니스트로 알려진 사람이기 때문이었다.

그는 눈물을 흘리면서 나에게 그의 스크랩북을 보여주었다.

“이것들을 보시오! 이렇게 연주를 많이 했는데도 나를 떨어뜨렸으니.”

그의 스크랩북에는 그가 연주했던 곳과 각 신문에 실렸던 기사와 음악 평론가들의 평문이 조각조각 붙어 있었다.

그러나 안은 울지는 않았다. 안도 동경에서 음악학교를 나왔고, 개인 연주회도 여러 번 가졌으며 또 고국에서도 여러 차례의 연주회를 가졌었다.

서울 장곡천(長谷川) 공회당(公會堂)에서 연주회를 가진 것은, 한국 사람으로서는 처음인 첼리스트 연주회였다.

또한 고향인 평양의 모교 숭실대학 강당에서 열렸던 연주회에는 평양의 전 시민이 모여서 열광적으로 환영을 하였다.

백여 명의 미국 선교사도 참여하였지만, 안을 처음부터 지도해 오시던 모우리(Eli M. Mowry) 교수도 감격한 나머지 목을 끌어안고 눈물을 흘리던 장면을 나의 눈으로도 목격했던 것이 잊히지 않았다.

그러나 안은 아깝게도 일곱 명을 뽑는데 아홉째로 떨어지고 말았던 것이다.

“한 군! 자네 학교 음악과에 잘 말해서 나를 장학생으로 좀 넣어주게나. 자넨 총장을 잘 알지 않나.”

안은 침착한 태도로 말하였다.

안의 말대로 나는 찰스 베리(Charles Buery) 총장을 만나 안을 소개해서 내가 다니고 있던 템플대학교(Temple University) 음악대학 기악과에 외국인 장학생으로 무난히 넣을 수 있었다.

안은 입학한 후 며칠 되지 않아 나에게 다시 이런 제안을 하였다.

"여보게, 커티스음악학교에 가서 짐바리스트 씨를 찾아보고, 일주일에 단 한 시간이라도 개인 지도를 해달라고 애원을 해보세나. 아무래도 그런 대가에게 가서 배우지 않으면 내가 이곳까지 온 목적이 서지 않는 것이야."

"글쎄, 그것이 그렇게 쉽게 되겠나!"

나는 주저했다.

커티스음악학교는 필리에서 제일 오래된 신문인 『퍼블릭 렛저(Public Ledger)』의 사장이 자기의 이름을 따서 음악학교를 세우고, 미국뿐만 아니라 세계의 유명한 음악가들을 채용해서 음악 학도들을 학비 없이 교육시키는 유명한 학교였다.

"한! 내 스크랩북을 보았나? 내가 동경에서 연주회를 가졌을 때, 마침 짐바리스트 씨가 동경에서 연주회를 갖기 위해서 내방하셨는데, 그때 그가 내 연주회에 왔었어. 그때 그가 내 연주를 신문 기자를 통해서 호평한 것이 아사히신문에 났었는데, 그걸 갖고 한번 찾아가서 부탁해 보세나!"

안은 스크랩북을 꺼내서 신문 기사를 오려붙인 것을 펼쳐 놓왔다.

"그렇군! 그럼, 한번 가보세나. 되든 안 되든 해봐야지. 미리 전화로 약속을 하고 가야 해."

그의 스크랩을 보고는 나도 이렇게 말하고 그의 제안을 승낙하였다.

약속한 날, 안과 나는 커티스음악학교로 가게 되었다. 캠퍼스에 들어서자 바이올린의 고운 멜로디가 2층에서 흘러나왔다. 「미뉴엣」곡이었다.

"한! 아마 저건 짐바리스트가 켜나 봐. 참 고운데!"

안은 이렇게 감탄하면서 걸음을 멈추고 한참이나 서 있었다.

우리는 안으로 들어가자 여비서에게 이렇게 물었다.

"지금 바이올린을 켜고 계시는 이가 짐바리스트 씨입니까?"

"아니요, 우리 학생입니다."

비서의 대답을 듣고 우리 둘은 서로 얼굴을 마주보았다.

"우린 한국에서 온 학생들인데 짐바리스트 선생님을 뵈러 왔습니다. 미리 약속을 했습니다."

"잠깐만 기다리세요."

비서는 이렇게 말하고 전화로 연락을 하였다.

"자, 이리로 들어가세요."

친절한 여비서는 옆방 문을 열어주었다.

우리는 안으로 들어가자 반가이 맞아주는 짐바리스트의 손을 잡고 인사를 드렸다.

그는 우리들에게 자리를 권하고 나서, 자기도 소파에 앉으며 두 팔을 테이블 위에 올려놓았다.

"한국에서 언제 오셨소?"

이렇게 묻고 있는 그의 입도 컸지만 코도 컸으며, 넓은 이마는 앞이 다 벗어졌다.

그는 성자와 같은 표정을 하고 친절한 눈으로 우리를 둘러보았다.

"저는 약 사 년 전에 왔고, 미스터 안은 일 년 전에 왔습니다. 그런데 미스터 안은 일본에서 음악학교를 마치고, 오하이오주 신시내티음악학교에서 공부하다가 한 주일 전에 이리로 왔습니다."

"아, 그런가요? 무엇을 전공하시지요?"

"전공은 첼로입니다. 일전에 이 학교에서 장학생 시험을 보았는데 아깝게도 아홉째가 되어서 떨어졌습니다."

"아하, 그랬군요! 참 서운한 일이군요. 시험관들은 우리보다도 더 정확합니다."

그는 잠깐 동안 테이블 위를 내려다보고 있었다.

"그런데 하나 부탁드릴 말씀이 있어서 왔습니다."

"무엇인지요? 말씀해 보십시오."

그는 한 손으로 턱을 괴었다.

"부탁은 다름 아니오라, 선생님께 미스터 안이 한 주일에 단 한 시간이라도 개인 교수를 받고 싶어서 온 것입니다. 본래 우리 둘이 다 고학생이지만 배움에 주려서 이곳 미국에까지 온 것입니다."

나는 말에 힘을 줄 수 있는 대로 주어서 분명하고 진지하게 말했다.

그는 고개를 숙이고, 난색을 하고 한참 무엇을 생각하는 듯하였다.

"먼저 내 생활을 이야기하지요. 나는 이 학교 외에 세 학교에 나가는데 그 학교들은 여기 있는 것이 아니고 보스턴과 뉴욕과 워싱턴에 있기 때문에 비행기로 왕래하게 됩니다. 그래서 늘 바쁘고, 늘 피곤한 생활을 하고 있습니다."

"그러시면 이번 학기만이라도 선생님의 지도를 받으면 혼자서도 충분히 자습을 해나갈 수 있겠습니다. 지금 템플대학교 음악대학에서 공부를 하고 있습니다만……."

나는 실례를 무릅쓰고, 그가 거절하기 전에 이렇게 덧붙여서 애걸하였다. 그는 한 손가락을 볼 위에 대고 생각하는 것 같았다.

"선생님! 이것을 좀 보십시오."

안은 가지고 온 스크랩북을 펴놓았다.

"이것은 선생님이 일본에 오셨을 때, 그리고 미스터 안의 연주회에 오셨을 때의 아사히신문 기사입니다. 일본 글이 되어서 모르시겠지만, 그때 선생님이 이런 평을 하신 것을 기억하시겠습니까?"

> 안 군의 첼로의 음색은 동양적인 특색을 가진 애수적인 멜로디다.
>
> 앞으로 세계적인 대가가 될 것이 틀림없다고 기대된다.

"선생님께서 이렇게 극구 칭찬하신 것을 잊으셨나요?"

나는 신이 나서 이렇게 열심히 설명해 주었다.

그는 한참 동안 신문 기사와 함께 실려 있는 자기의 사진과 안의 사진을 들여다보고 있었다.

"아, 그렇군, 그렇지! 내가 그때 안 군의 연주회에 갔던 생각이 납니다. 이렇게 나의 기억력이 감퇴되었으니……."

그는 오른손을 앞으로 내밀고 안에게 악수를 청하였다.

"미안하오. 잘 알아보지 못해서. 그럼, 내주부터 매주 월요일 오후 한 시에 오셔서 한 시간씩만 배우도록 합시다."

그는 안의 손을 그대로 쥐고 흔들면서 이렇게 쾌히 승낙하였다.

"댕큐 서어! 댕큐 베리머치 서어!"

안은 고개를 끄덕이면서 이렇게 인사를 드렸다.

나도 일어서면서 악수를 청하고, 몇 번이나 고맙다고 감사의 말씀을 드렸다.

그는 우리와 함께 현관까지 나왔다.

"나라도 없는 한국 학생이기 때문에 나는 안 군을 잘 지도해 주려는 것이오."

그는 이렇게 말하면서 안의 어깨를 여러 번 두들겨 주었다.

안과 나는 한없이 감격하면서 아무 말도 하지 못하고 여러 번 절을 하였다.

우리 둘은 그의 마지막 말을 여러 번 되새기며 아무 말없이 집으로 돌아왔다.

○

안은 템플대학에도 잘 다녔고, 짐바리스트 씨의 지도도 잘 받았다.

특히 짐바리스트에게서는 연주할 때 숨을 쉬는 방법과 음색 표현 방법에서도 곡을 따라서 무겁게 혹은 가볍게 또는 고상하게, 작곡자가 표현하고자 하는 것을 그대로 연주하는 것이 연주가의 생명이라는 것을 배웠다는 이야기를 나에게도 여러 번 설명하였다.

안은 이렇게 해서 가장 좋은 스승들로부터 마음껏 배울 기회를 가지게 되었다.

그러나 그에게는 돈이 없었다. 돈을 벌 기회도 없었고, 벌려고 생각조차 하지 않았다. 나를 동생과 같이 믿고 있기 때문인 것 같았다.

그때 나는 김블형제백화점(Gimble Brothers Department Store)의 동양물품부 점원이었으나, 학교 때문에 반나절의 시간일(part time work)을 했기 때문에 안의 생활비까지 대기에는 넉넉하지 못하였다. 그래서 밖에 나가서 사 먹던 식사를 집에서 자취하며 해먹기로 하였다.

빨래도 우리 손으로 하고 다림질도 우리 손으로 하기로 하였다.

우리 손이라고 하지만, 사실은 거의 다 내 손으로 한 셈이었다.

그는 밤낮으로 첼로에 열중했기 때문에 잔심부름을 할 정신과 마음의 여유조차 없었던 것이었다.

하루는 내가 다니는 교회의 목사 반하우스 박사(Dr. Barnhouse)를 찾아갔다.

미국에서 3대 교회당의 하나라는 제10장로교회당(The 10th Presbytarian Church)에 다니게 된 것은 그 교회에서 우리나라 경북 안동에 선교사를 보냈고 교회를 경영하고 있기 때문이었다.

그는 늘 한국과 한국 사람들을 생각하고 도와주려고 노력하는 사람의 하나였다.

그것이 고마워서 나는 그의 교회의 교인이 된 것이었다. 그는 내가 갈 때마다 아버님같이 나를 대해 주었다.

그날도 그는 혼자서 서실 안에 앉아서 연구를 하다가 내가 온 것을 알고 나를 식당으로 데리고 가서 쿡에게 나의 저녁을 청해 주었다.

자기는 식사를 했다고 커피만 들면서 나에겐 고기와 맛있는 음식을 자꾸 권했다. 나는 많이 먹기도 하였다.

"그래, 한 군은 여전히 공부도 잘하고, 또 잘 지내나?"

목사는 웃는 얼굴로 이렇게 물었다.

"목사님이 염려해 주시는 덕택으로 변함없이 잘 지내고 있습니다."

고기 한 덩어리를 더 집으면서 웃는 얼굴로 대답하였다.

"고국에 계신 부모님과 동생들도 다 무고하겠지?"

"네, 일주일에 한 번씩 서신 왕래를 합니다."

"그래야지. 한국이 빨리 독립을 해야 모든 것이 해결될 텐데!"

그는 늘 한국의 독립을 마음으로 성원하였다. 다른 미국의 지성인들도 그렇지만, 이 목사님은 더욱 진실하게 성원하였다.

그는 선교 사업을 통해서 일본 통치하의 한국 사정을 잘 알고 있기 때문이었다.

“목사님, 좀 부탁드릴 말씀이 있어서 찾아왔는데요…….”

나는 식사를 끝내고 이렇게 말을 꺼내면서 냅킨으로 입을 닦았다.

“무엇인가? 어서 말해보게!”

“안익태라는 나의 고향 친구인 죽마지우가 얼마 전에 저의 집에 와 있습니다.”

“그래? 얼마나 반갑겠나? 나도 만나게 해주게.”

“물론이지요. 요새 학교 관계도 있고 해서 너무 분주해서 못 데리고 왔습니다. 그도 평양에서 미션스쿨을 나왔으니까 앞으로 우리 교회에 같이 나오겠습니다.”

이렇게 서두를 시작한 나는 그에게 지금까지의 안과 내가 지내온 처지를 이야기하였다.

내가 혼자서 벌어서 두 사람의 생활을 해나가기 위해서 자취도 하고 빨래까지 우리 손으로 해서 지낸다는 이야기까지 모두 말했다.

“그렇게 힘들게 지내서야 어디 오래 참겠나! 우선 안이 직업을 가지도록 내가 좀 주선해 보지.”

목사님은 엄지손가락을 턱에 대었다. 무엇인가 생각하는 것 같았다.

“주일마다 연보를 받을 때 성가 독창을 시키는데 늘 독창만 시키지 마시고 첼로를 시키면 어떻겠습니까? 한 달에 한 번씩이라도……."

나는 안이 첼로를 잘하고, 짐바리스트 씨에게 사숙하고 있다는 말을 하였다.

"그 독창을 하는 사람도 고학생인데 그렇게 할 순 없지. 한 번 하는데 십 달러씩 주는데 그것만 가지고는 생활이 안 되는 모양이야. 그것보다도 좋은 일이 있는데, 수요일 저녁 우리 교회 주일학교 애들이 예배 볼 때 음악 예배를 보기로 했으면 좋겠네. 학생들에게 한국 청년도 이렇게 서양 음악을 잘한다는 것을 보여주어 한국을 한번 자랑해보세나! 미국에선 무보수라는 것은 없으니까, 이렇게 해서라도 얼마씩 생활비를 보태어 나가면 좋은 아이디어가 또 생기지 않겠나."

이렇게 말하는 목사의 얼굴은 무척 명랑해 보였다.

한 손을 다른 손 위에 올려놓고 그가 웃는 얼굴을 하는 것은 틀림없이 될 만한 일이라는 것과, 앞으로 우리 둘을 위해서 성의껏 도와주겠다는 의미를 나타내는 것같이 보였다.

"고맙습니다, 목사님. 물론 그렇게 하겠습니다."

나는 머리를 숙여 인사를 드렸다.

"그리고 한 군도 약 이십 분만 한국 애들에 대한 이야기, 한국 교회에 대한 이야기를 하지. 안 군은 삼십 분, 나는 찬송하고 성경을 읽고 기도를 할 터이니까 십 분쯤 될 거야."

"글쎄올시다. 말은 서툴지만 그럼 저도 한국에 관한 이야기를 해보겠습니다."

"그러면 모두 잘되었네. 조금도 비관하거나 외로워하지 말고 무슨 일이든지 나를 찾아주게나. 미국 사람들은 서로 도와주어서 다 같이 독립생활을 해야 한다는 것이 우리의 정신이야"

"네, 정말 고맙습니다. 결코 비관은 하지 않습니다. 미국은 낙관의 나라인데 나도 낙관주의를 배웠습니다."

이러한 결과를 갖고 나는 기쁜 마음으로 집에 돌아와 안에게 모든 것을 설명하였다.

안도 기뻐하며 기꺼이 찬성하였다.

안은 오래간만에 정거장에서 나를 처음으로 만나던 때의 그런 얼굴을 다시 보여주면서 웃어주었다.

○

"내일을 위하여 결코 걱정하지 말라! 오늘 성심껏 일한 것으로 충분하다."

이 명언은 이곳 필리 출신인 외교관이요 발명가였던 벤자민 프랭클린의 말이다.

안 군과 나는 약속한 수요일 저녁 교회에 가서 오백여 명의 미국 어린애들 앞에서 성공적으로 음악 예배를 보게 되었던 것이다.

머리털이 검고 눈동자가 검은 동양 사람이 어떻게 서양 음악을 그렇게 잘하나 하고 그들은 커다란 눈을 더욱 크게 굴리면서 열광적인 박수로 환호하면서 음악 예배를 끝마쳤던 것이다.

반하우스 목사님도 매우 만족하셨으며 우리 두 사람의 한 주일 생활비에 해당하는 보수를 내주셨다.

프랭클린의 말과 같이 우리는 내일을 위하여 조금도 비관하지 않고 그날그날 성실히 일하려 하였다.

그나 그뿐인가, 그다음 주일엔 목사님께서 윌리(Willey)라는 늙은 부부에게 안군을 소개해 주었다.

윌리 부부는 어떤 회사에서 삼십 년이나 중역으로 일을 하다가 은퇴하고 넉넉한 재산과 보너스로 한가하게 지내는 부부였다.

슬하의 자식들도 다 분가해 살고 있었고, 두 늙은이만이 한적한 곳에 좋은 집을 가지고 여생을 조용히 살아가고 있었다.

더구나 윌리 부인은 스미스대학[97] 음악과에서 피아노를 전공하였다.

그래서 이 늙은 부부는 우리나라는 물론, 세계적으로 유명한 음악 대가가 되기를 꿈꾸는 안 군을 도와주기로 한 것이었다.

"목사님 덕분으로 넌 이제부턴 걱정없게 되었어. 자, 빨리 가

97 스미스대학(Smith College)은 미국 매사추세츠주 노샘프턴에 있는 사립 여자대학으로 1871년 설립되었다.

보게!"

이렇게 전송하는 나에게 그는 쓸쓸한 얼굴로 눈물을 흘렸다.

"마음이 없는 곳에 시집가는 처녀의 심정과 같네."

안은 이렇게 말하면서 손등으로 눈물을 닦았다.

"이 사람아, 뭐 먼 데로 가는 건가? 무슨 말을 하나? 내일이라도 만날 게 아닌가? 이젠 마음 놓고 공부나 열심히 하게. 나도 이젠 기쁘게 공부를 하겠네."

이렇게 나는 안을 위로해 주었다.

사실 나도 그와 헤어지는 것이 한없이 쓸쓸했으나 우리 형편으로는 어쩔 수 없었다.

그 후 안과 나는 학교에서 만나기도 하고 주말에는 안이 있는 집으로 놀러가서 밤을 새우면서 놀기도 하였다.

인자한 두 늙은 부부는 늘 내가 놀러오기를 부탁하고 전화도 했다.

나와 안이 형제보다도 더 친하다는 것을 그들이 다 알고 있기 때문이었다.

오늘도 토요일이기 때문에 안에게서 벌써부터 꼭 와달라는 전화가 몇 번이나 걸려 왔었다.

"이번 토요일엔 꼭 한 군에게 힘을 빌려야 할 일이 있으니까 꼭 와주게."

이런 전화가 안에게서 몇 번이나 걸려 왔었다.

오늘은 아침부터 날씨가 퍽 부드럽고 맑았다. 라일락꽃이 피어나는 5월이었던 것이다.

안을 찾아 경치 좋은 교외로 버스를 타고 윌리 부부의 집을 찾은 것은 점심시간이 지나서였다.

윌리 부부와 안은 나를 기다리고 있었던 것같이 반갑게 맞아주었다.

점심을 먹고 왔다고 해도 맛있는 케이크와 과일, 커피를 잔뜩 갖다 놓고 안과 둘이서 이야기하며 실컷 놀라고 하였다.

"이 사람 한! 나는 어제저녁 스토코브스키[98]의 심포니에 가보았네. 참으로 귀신 같애! 작품은 스물다섯 살밖에 안되는 러시아계의 청년이 작곡하였다는 것인데, 곡명이 「러시아 광상곡」이야! 처음엔 러시아 제정시대의 한가로운 시대를 그렸는데, 느릿한 템포로 시작하고, 농사를 짓는 농부들의 노래 같은 것도 나오고, 구루마 바퀴가 딸그락거리는 소리도 나오고, 이러다가 제정이 부패해가는 음탕한 음조로 차차 변해 가. 그러고는 러시아의 혁명인 듯, 트럼펫 소리, 슬라이 트럼퍼가 마치 만세라도 외치는 듯이 굉장히 우렁찬 소리로 변해가네. 이때 지휘자 스토코브스키의 팔이 얼마나 빨리 휘도는지 열두어 개나 되는 것같이 쉴 새

98 레오폴드 스토코프스키(Leopold Stokowski, 1882~1977). 영국 태생의 미국인 지휘자로 필라델피아관현악단 등에서 지휘했다.

없이 막 휘돌아가는 거야! 나도 지휘자가 되어볼 결심이야. 또한 「한국 광상곡」도 하나 작곡하고."

안은 쉴 새 없이 이렇게 열심히 이야기를 해갔다.

상대자인 내가 어떻게 생각하거나 알 바 없다는 듯이, 마치 중학생처럼 감상적이고 열정적인 이야기를 그냥 계속하였다. 그러고는 일어서서 나를 끌고 피아노 앞으로 갔다.

"이 바통(지휘봉)도 어제 저녁에 사 왔어."

그는 때 하나 묻지 않은 바통을 피아노 위에서 들어서 내게 보이고는 다시 피아노 위에 얹어놓았다. 그러고는 피아노 앞에 앉아서 피아노를 꽝꽝 치기 시작하였다.

한참 치다가 피아노에서 두 손을 떼어 올리면서,

"이것이 「코리아 판타지(Korea Phantasy, 한국 광상곡)」의 프롤로그(서곡)야!"

그는 이렇게 말하고 나의 얼굴을 쳐다보았다.

"참 좋네. 훌륭하이. 꼭 하나 작곡해 보게."

음악을 모르는 나이지만 어쨌든 그의 엠비션과 재주에 놀라지 않을 수 없었다.

그는 계속해서 「춘향전」에 나오는 것 같은 노래와 「도라지타령」, 「천안 삼거리」, 「노들강변」, 「아리랑」, 또는 「수심가」 같은 멜로디가 섞인 곡을 피아노가 깨어져라 치고 있었다.

"대체로 아웃라인이 잡히기는 했는데, 한국 민요를 몰라서 큰 야단이야. 이건 모두 내가 들은 한국 민요를 내 멋대로 편곡한 것인데 꼭 그대로 할 필요는 없어도 줄거리는 잘 알아야 해! 한 군! 자, 아무 곡이나 하나 해봐. 응? 「도라지타령」을 한번 불러봐."

그는 나의 얼굴을 쳐다보면서 청을 한다기보다도 강요하는 표정을 했다.

"나는 몰라. 노랠 내가 해봤어야지."

나는 어느 주석(酒席)에서 노래 차례에 걸린 사람같이 서먹서먹했다.

"어서! 아무 곡이나 좋아!"

"그럼 「양산도」를 한번 해보지."

잘할 줄 모르는 노래지만 그의 작곡에 도움이 될 것 같아서 「양산도」를 숨이 차게 불렀다.

그는 머리를 끄덕끄덕하면서, 한 손으로는 피아노의 키를 짚어가면서 멜로디의 피치를 암송하는 것 같았다.

이렇게 해서 약 한 시간 동안, 술 한 잔도 없는 피아노 앞에서 잘 부르거나 말거나 아는 노래는 모두 핏대를 올려서 불러댔다.

3. 시카고의 호반(湖畔)

○

1933년 7월, 시카고에서는 세계 박람회(World's Fair, 1933)가 열리었다.

나는 박람회도 구경할 겸 여름방학 동안 학비도 좀 벌 겸 시카고로 가기로 하였다. 내가 일을 하고 있는 백화점에는 다른 장사도 다 그렇지만, 여름엔 한산해서 종업원들을 놀리기도 했기 때문이다.

작년 여름방학에는 대서양의 피서지로 유명한 애틀랜틱시티에 가서 취직을 했던 일이 있지만, 금년엔 박람회가 있으니까 모두 시카고로 몰려가는 판이었다.

이 때문에 안도 시카고도 구경할 겸 함께 여행하기로 작정하고 윌리 부부에게서도 승낙을 받았고, 두어 달의 생활비도 얻을 수 있었다.

안과 나는 시카고에 도착하자 미시간호반에 있는 조그만 여관에 방을 하나씩 얻어서 같이 있기로 하였다.

먼 외국에서 고향 친구와 함께 여행을 하는 것도 즐거웠고, 더구나 여관에서 묵게 된 것은 더없이 흐뭇한 일이었다.

우리가 묵는 곳에서 멀지 않은 곳에 서 있는 큰 궁성과 같은,

유명한 에치워러호텔의 네온사인을 밤마다 바라다보면서, 우린 언제나 저런 호텔에서 살아볼 수 있을까 하고 한탄도 해보았다.

나라를 잃고 외국에서 고학을 해보려고 까마귀와 같이 떠돌아 다니는 신세가 한없이 서글플 때도 한두 번이 아니었다.

그러나 지금까지 뼈저린 굶주림의 생활은 면하고 있었으니 하느님께 감사하지 않을 수 없었다.

더구나 첼로의 넉 줄만 그을 줄 알지 다른 일은 하나도 못해 본 안이 첼로로써 윌리 부부의 사랑을 받아서 생활의 지장이 없어진 것은 안의 장래를 위하여 한없이 기쁘고 경하할 일이었다.

그것보다도 하느님의 도우심이 크다는 것을 감사히 생각할 수 밖에 없었다.

그래서 나는 늘 안의 일에 더 많은 중점을 두어서 일거리를 해결하려고 하였다.

시카고에서 유명한 M음악대학을 찾았으나 하기(夏期)방학의 특별 강좌는 없다고 하였다.

여기저기 알아본 결과 시카고대학교 음악대학에는 음악 교사들의 특별 하기방학 강습회가 있다는 것을 알게 되었다.

안과 나는 그 강습회의 회장을 찾고 안도 그 강습회에서 하기 강습을 받을 기회를 달라고 간청하였다.

안은 물론 음악 교사는 아니었다. 그러나 안의 과거 학력과 경력을 이야기했고, 안도 이미 동경에서 음악대학을 나왔으니까 강습을 받을 만한 충분한 지식이 있다는 것을 재삼 설명하였다.

회장은 회칙에 위반되는 일이지만, 하나의 비회원 청강생이라는 명목하에 강습을 받으라고 간신히 승낙을 하였다.

물론 다른 회원들과 꼭같이 강습비를 내기로 하고, 강습을 받은 뒤에는 강습을 받은 증서나 교사의 승급장 같은 것은 일체 받지 않아도 좋다는 조건으로 강습생이 된 것이다.

이렇게 해서 안이 시카고에 온 목적은 어느 정도 이룰 수 있었다.

일요일이었다.

안과 나는 시카고를 두루 구경하였다.

고가철도가 번화가에 들어와서는 한 바퀴 원을 그리고 뻥뻥 둘러가는 거리 안의 지대를 룹(Loop)이라고 불렀다.

여기가 시카고의 다운타운이며 번화가였다. 극장도, 백화점도, 화려한 상점들도 다 이 룹 지대 안에 있는 것이었다.

인구 450만, 미국에서 둘째가는 상공업 도시로 유명하였다.

바다와 같이 넓고, 크지만 짠물이 아니고 맑은 담수호인 미시간의 둥근 호숫가에 시카고가 자리를 잡고 있었다.

호숫가에는 흰 모래판이 둘러 있고, 그다음에는 푸른 잔디와 수풀의 넓은 녹지대가 있어서 여섯 개의 커다란 국립공원으로 되어 있었다.

이 여섯 개의 공원 면적은 세계 어느 도시에 있는 공원보다 크기로 유명하였다.

남북으로 뚫린 스테이트스트리트의 넓은 거리를 건너서 안과 나는 링컨공원으로 향하였다.

자동차들이 여덟 줄로 가고, 여덟 줄로 오는 셰리든로드의 넓은 길을 건너면 바로 링컨공원이 있고, 링컨공원에는 작은 동물원도 있었다.

공원 입구에는 푸른 잔디 위에 이름 모를 형형색색의 꽃들이 곱게 피어 있었다.

공원 입구를 조금 들어서면 독일의 시인 괴테와 실러의 전신 동상이 함께 서 있었다.

안과 나는 모자를 벗어 쥐고 그 동상 앞에 한참 동안이나 서서 묵상에 잠겨 있었다.

그 동상 아래에 있는 초석 위에 '재미 독일인들'이라고 새겨 있는 것을 보면 독일에서 미국에 이민 온 사람들이 돈을 모아서 세운 것이라고 생각되었다.

안과 나는 동물원에서 한참 구경을 하고 나와서 호숫가로 나갔다.

사장(沙場)에는 해수욕복을 입은 남녀들이 수만 명이나 일광욕을 즐기고 있었다.

우리는 서늘한 나무 그늘 아래 놓인 벤치 위에 나란히 앉아서 하늘에 닿은 듯이 수평선이 그어진 넓은 호숫가를 바라보았다.

"안! 고향 생각이 안 나나?"

나는 무심코 이렇게 안에게 물었다.

내 앞에 있는 미시간호수의 크기가 우리나라 면적의 반이나 된다는 것을 소학교에서 배우던 생각이 났기 때문이었다.

커다란 화물선 같은 검은색의 배 한 척이 멀리서 연기를 뿜으며 지나가는 것이 보였다.

"왜, 안 나겠나! 하루, 한 시간도 고향 생각을 잊을 수가 없네. 물을 보니, 바다 건너 있는 집 생각이 더 나는 것 같네."

안은 숨김 없이 이렇게 대답하였다.

"필경, 사람이란 야릇한 동물이야. 자기의 배꼽이 떨어진 곳이 왜 그렇게 그리운지."

나는 이렇게 대꾸하였다.

내가 미국에 온 지도 벌써 사 년이라는 세월이 지나갔고, 커피와 버터 맛도 곧잘 알지만, 김치에 굴비 반찬을 먹는 내 고향이 하루같이 그리웠다.

사실 뼈가 저리게 그리울 때가 많았다. 병이라고 하면 기막힌 병인 것 같았다.

"한 군! 우리도 빨리 성공을 해갖고 돌아가보세."

안은 또 이렇게 말하면서 호수를 멀거니 바라다보았다.

"글쎄, 성공이라는 것이 한계가 있겠나? 그것보다도 우리는 나라를 잃어버렸으니까 고국도 고향도 없는 셈이지. 생각하면 영영 돌아가고 싶은 곳이 없는 것 같애. 넌 특별한 음악의 재간을 갖고 있으니까 어떻게든지 세계 일류의 음악 예술가가 되어야 해. 우리의 나라를 찾는 길도, 우리의 민족을 세계에 알리는 것도 우리의 자랑할 만한 슬기를 남에게 증명해야지."

나도 모르게 좀 흥분한 어조로 이렇게 말하자, 안은 아무 말이 없이 고개를 떨어뜨리고 푸른 잔디밭을 내려다보고 있었다.

안과 나는 한참 동안 아무 말도 하지 않고, 소리 없이 왔다갔다하는 자동차들의 번거로운 모양을 물끄러미 보고 있었다.

○

안은 새벽부터 일어나면 곧 첼로를 부둥켜안고 연습을 하였다.

시카고대학 강습회에 갔다 오면 그 더운 방 안에서 목욕을 할 생각도 하지 않고 첼로만 긋고 있었다.

안은 만사가 순조롭게 진행되어가고 있었으나, 나는 일자리를 얻지 못해서 고민하고 있었다.

1929년의 대공황은 미국의 경제 공황치고는 제일 컸던 것이지만, 수년이 지난 오늘까지도 실직자는 몇백만 명을 헤아리고 있는 형편이었다.

그래서 이번 시카고에서 세계 박람회를 열게 된 것이라고 세상에 알려졌다.

하루라도 놀고서는 먹고 지낼 수가 없는 곳이 미국인데, 나는 며칠 동안이나 직업을 찾아보았으나 일자리는 좀처럼 나타나지 않았다.

그래서 나는 전부터 알고 있던 한국인 실업가인 김경(金慶) 씨를 찾아갔다.

"한 군, 오래간만이오. 동부에 가서 계시다더니 언제 오셨소?"

그는 나를 반가이 맞아주면서 나에게 식사를 권하였다.

그는 시카고의 중심지인 룹 안에서 워싱턴 카페테리아라는 큰 식당을 경영하고 있었다.

그의 식당은 오백여 명의 손님을 받을 수 있는 일류 식당이었고, 식당의 종업원도 칠십 명이 넘었다.

그는 백만장자는 못 되었으나 미국 사람에 비해서도 부자에 속하는 사람이었고, 한국 학생들이나 교포들이 곤란에 빠지면 늘 도와주는 자선가이기도 하였다.

그의 식당에는 각국 사람들이 모여서 일을 하고 있었다. 그중에는 폴란드, 아일랜드, 스페인, 이탈리아 사람이 많았다.

동양 사람으론 시간 일을 하는 고학생들이 있었는데 한국 학생은 물론이고, 태국 학생, 인도 학생, 필리핀 학생도 있었다.

나도 일자리를 얻을 때까지 그의 식당에서 쿡이고, 무엇이고 해보겠다고 그에게 말했으나 그는 대답을 하지 않았다.

“한 군은 내가 박람회 회장 안에서 좋은 일자리를 구해줄 터이니 며칠만 우리 집에서 식사를 하시오. 박람회 회장도 잘 알지만, 그곳의 인사 소개소에 아는 사람이 있으니까 일자리를 얻는 것은 시간 문제입니다.”

김경 씨는 이렇게 친절하게 말하면서, 용돈으로 쓰라고 오십 달러를 나의 포켓 속에 넣어주기도 하였다.

그는 한인 국민회 시카고 지부장이기도 했지만 시카고 상공회의소의 의원이기도 하였다. 만리타향에 나가서도 이렇게 따뜻하게 도와주는 사람은 누구보다도 한 겨레의 피를 가진 동포인 것이라고 생각할 때 어쩐지 기쁘고 미더운 생각이 들지 않을 수 없었다.

한인 동포가 시카고에 약 삼백 명이 있다고 하나 3·1절 같은 때에 모여 보면 백 명 내외였다.

그것은 저마다 생활해가기에 분주하기 때문이었다.

일요일날 한인 교회당에 나오는 사람은 많아야 오십 명 정도였다.

상당한 고봉을 받는 대학 출신의 기술자도 몇 분 있지만, 거의가 다 노동을 하거나, 상업 등의 자유업을 하고 있었다.

그러나 시카고에 사는 한인의 자랑이 있다면 한인들의 식당 사업이었다.

시카고에만 한인이 경영하는 식당이 열두 개나 있었다.

물론 여기에는 실업가 김경 씨의 공로가 많았다.

먼저 한인들은 김경 씨의 식당에서 요리사가 되어서 음식 만드는 것도 배우고, 식당을 경영하는 여러 가지의 운영 방침도 배우면서 돈을 저축해가지고는 딴 곳으로 나가서 식당을 개업할 수 있게 되었다.

운영 자금이 모자라면 서로 자금을 융통해서 독립할 수 있을 때까지 도와주었다.

이러한 상호부조의 정신은 도산 선생의 교훈에서 온 것이고, 이 아름다운 정신은 도산 선생이 계시던 서부로부터 중서부, 동부까지 다 퍼져 있었다.

미국 안에뿐만 아니라, 하와이, 멕시코, 쿠바에 있는 교포들에게까지 도산 선생의 교훈은 『신한민보』[99]를 통해서 늘 살아 있었고, 늘 퍼져가고 있었다.

이러한 상호부조의 정신으로, 하나씩 늘어서 시카고에는 열두 개라는 적지 않은 숫자의 한인 경영의 양식당이 있었다.

동양 사람인 한인이 경영하는 식당에 어떻게 해서 서양 사람들이 많이 올 것인가. 그것은 하나의 기술 문제였다.

---

99 『신한민보(新韓民報)』. 1909년 미주 지역의 한인 단체들이 결성한 국민회(國民會)의 기관지.

시카고에서 콩나물 장사를 해서 돈을 많이 벌었다는 콩나물대왕의 이야기가 있지만, 그것은 콩나물이 아니고 녹두나물이었다.

녹두나물을 여러 가지 양념으로 무쳐서 샐러드로 팔기도 하지만, 그것과 여러 가지 다른 채소와 고기 등을 섞어서 찹 수이(Chop Suey)라는 중국식 요리도 하고, 달걀과 요리해서 에그 푸용(Egg Foo Yong)이라는 중국식 요리를 만들어 팔기도 하였다.

이것이 한인 식당의 특색 있는 요리였고, 그 밖에 서양 요리일지라도 동양 요리사가 더 맛있게 요리를 한다는 것이 서양 사람들의 상식과 같이 되어 있었다.

이러한 찹 수이를 누가 먼저 요리하는 데 성공했는지는 몰라도, 찹 수이가 재미 한인에게 막대한 이익을 가져온 것을 우리는 잊을 수 없다.

시카고에서 찹 수이를 만들던 사람들이 자동차 공업의 중심지인 디트로이트에 가서 대성공을 하였다.

나도 한번 가본 일이 있지만 디트로이트는 인구 이백만이 넘는 자동차 공업 도시로서 시카고에 못지않게 경기가 좋은 도시였다.

내가 갔을 때는 여덟 사람이 합자를 해서 찹 수이 공장을 현대식으로 짓고, 주식회사를 세워서 번창한 영업을 하고 있었다.

서양인 노동자도 수십 명 고용하고 있었고, 한인들은 전부 요리 기술자로 일을 보고 있었다.

채소와 고기도 모두 기계로 썰었고, 큰 가마가 여러 개가 걸리었는데, 그 속에다 찹 수이를 넣고 각반하는 것도 역시 기계로 하였다.

기계로 이렇게 많이 만드는 찹 수이가 다 어디로 나가는가 의심할 정도였다.

그러나 만들기가 무섭게 사내 각 식당으로 일곱 대의 트럭에 의해 배달되었고, 끊임없이 전화 주문이 들어오고 있었다.

한국 사람의 기업체가 이렇게 번창하게 돌아가는 것을 볼 때에 눈물이 나도록 기뻤다.

이러한 모든 것이 도산 선생의 교훈이었고, 김경 씨의 노력이었다.

김경 씨를 만나본 지 이틀 후에, 그는 나에게 와달라는 전화를 걸었다.

"한 군, 잘 왔네. 일자리가 생겼어! 중국, 인도, 여러 동양 나라의 회관에 알아보아도 안 되었는데, 마침 프랑스 회관에 자리가 있어서 그리로 했는데, 내일 아침 여덟 시에 박람회 프랑스 회관으로 루이 지배인을 찾아가게."

그는 미소를 띠면서 이렇게 일러주었다.

"그래요, 고맙습니다. 그러나 프랑스 회관이면 불어를 알아야 할 게 아닙니까?"

나는 이렇게 걱정을 하였다.

"그런 게 아니야. 프랑스에서 점원을 많이 데리고 오면 여비, 경비가 많이 들지 않겠나. 그래서 여기에 와서 종업원을 임시로 채용하는 거야. 물론 지배인은 영어를 하겠지. 종업원을 미처 못 얻어서 동양 학생도 좋다고 했으니까 내일 가면 돼. 그리고 물건을 사는 손님은 다 미국 사람이니까 영어면 그만이고."

"오, 그렇군요. 프랑스 사람의 일꾼이 한번 돼본다! 그런데 무얼 파는 상점입니까?"

"응. 말하자면 옷 장수인데 주로 와이셔츠와 넥타이 전문상인가 봐."

"잘 팔아주면 넥타이깨나 얻겠군요!"

"그게 문젠가! 월급도 많은데 잘 팔면 돈벌이가 좋겠어. 매상고(賣上高)의 오부를 판매원에게 준다니까 좋지 않은가. 하루 천 달러씩만 올리게나."

김경 씨는 나를 이렇게 위로해 주고, 또한 도와주었다.

이튿날부터 나는 시카고 세계 박람회장 프랑스 회관에서 넥타이를 파는 판매원이 되었다.

○

박람회가 거의 끝나게 될 무렵, 안은 시카고대학 음악 강습회를 끝마치었다.

강습생들의 최종 실습 연주회에서 첼로를 연주해서 선생과 학생들의 칭찬을 받은 안은 하룻저녁 나에게 이러한 제안을 하였다.

"한! 또 한 가지 부탁이 있는데……."

안은 이렇게 말하면서 나를 정면으로 바라보았다.

"뭔데? 친구끼리 무슨 부탁이야. 왜, 오늘 저녁에 어디 영화 구경이라도 가볼까?"

나는 웃으면서 이렇게 말했다. 사실 나는 시카고 박람회 덕분으로 좋은 구경도 많이 하고, 돈도 꽤 많이 벌었다.

과동(過冬)할 옷이나 가을 학기에 책을 살 돈이 넉넉하고도 남을 만큼 돈을 벌 수 있었다.

"그게 아니고, 자네도 알다시피 나는 아직 영어가 서툴지 않나. 그래서 자네가 우리 강습회 회장을 만나서 첼로 독주회를 한번 해보자고 제의해달라는 거야. 회장이 내 연주를 듣고서는 나의 손을 두 손으로 맞잡고 흔들어대면서 굿, 굿을 연발하고, 넘버원 첼리스트라고 엄지손가락을 하늘로 자꾸 쳐드는데 내가 영어를 잘해야 뭐라고 설명을 해보지. 자네가 가서 한번 제의하면 혹시 독주회를 가지게 될지도 모를 거야."

이렇게 말하면서 안은 창밖으로 눈을 돌리고 미시간호수를 내려다보았다.

"응, 그래. 될 수 있을 거야."

미국 사람의 적극적인 성격을 잘 알고 있는 나는 이렇게 혼잣말같이 지껄였다.

"나의 과거 이야기를 잘해보게나. 아직 자신은 없어도 꽤 잘할 실력이 마련됐으니까. 아마추어의 교내 음악회라도 한번 가지고 싶어."

안은 고개를 돌리면서 이렇게 말했다.

"걱정 말어. 내일 내가 박람회에 나가서 그 교수에게 전화로 연락을 하고, 점심 때 시간을 얻어가지고 택시로 찾아가서 이야기를 하고 올 터이니, 염려 말어."

나는 어떤 결심을 한 듯이 안의 얼굴을 쳐다보았다.

"그럼, 좀 수고해 주게. 그리고 영화 구경이나 가세. 지금 시카고극장에서 채플린의 「거리의 등불」을 이 개월이나 계속 상영하고 있지 않나? 나가세, 아이스크림 좀 사먹고."

안의 말이 떨어지자, 나도 파나마를 쓰고 밖으로 나섰다.

안과 영화 구경을 하고 온 이튿날, 나는 전화로 연락을 하고 피터슨 교수를 만날 수 있었다.

"글쎄, 지금 여름방학이 되어서 교수들이나 학생들이 거의 피서를 갔는데 어떻게 수지가 맞겠소?"

피터슨 교수는 나의 제안에 대해서 이렇게 반문하였다.

미국에서는 모든 것이 돈으로 움직이고, 돈으로 수지를 계산하였다.

하기야 돈이 없이는 아무것도 할 수 없는 것이 세상이라는 것을 나도 배우기 시작하였다.

"피터슨 교수님, 학교 신문에다 간단하게 동양 사람, 특히 한국 사람의 색다른 독주회라고 안 군을 선생께서 소개하는 광고를 내시고, 또 각 교수님들과 음악과 학생들의 집으로 통신 광고를 해봅시다. 그렇게 한대야 광고비가 얼마나 들겠습니까! 이삼백 달러밖에 더 들겠습니까? 광고 비용에 손해가 나는 경우에는 저희들이 부담하겠습니다."

나는 이렇게 책임 있는 제안을 하였다.

"가만 계시오, 미스터 한. 한번 구체적으로 계산을 해보지요. 학교의 신문 광고는 교내 행사이니까 무료로 하고. 또 기사도 하나 내기로 하고. 통신 광고는 편지지, 등사, 봉투, 이 센트짜리 우표. 한 통신에 팔 센트쯤 잡고 천 장이면 팔십 달러, 피아노 반주인에게 오십 달러, 중간 휴식 시간에 독창으로 조연하는 사람에게 이십 달러. 약 백오십 달러면 경비가 되겠군요."

피터슨 교수는 종이 위에 연필을 놓으면서 이렇게 말했다.

"강당을 빌리는 세는 없습니까?"

“우리 학교의 주최로 하는 행사이니까, 그건 걱정할 필요가 없지요.”

“그러면 피터슨 교수님, 아까 말씀드린 대로 적자가 나는 경우에는 우리가 전적으로 책임을 지겠습니다. 꼭 우리 한국의 젊은 예술가에게 장래를 열어주는 무대를 마련해 주시기 바랍니다.”

나는 애원하는 어조로 말하였다.

안 군이 독주회를 갖는 날 저녁엔 나도 특별히 분주하였다.

팔던 넥타이를 다 챙기고 나니 벌써 저녁 일곱 시가 넘었다.

안의 연주회는 저녁 여덟 시 정각이었다.

주인도 늦게까지 손님이 많이 와서 미안하다고 프랑스식으로 두 팔을 벌리고 어깨를 으쓱했으나, 나는 대답할 틈도 없이 뛰어나와 박람회 출구를 향해 달음질을 쳤다.

그리고 밖으로 나오자 택시를 불러 타고 곧 시카고대학으로 속력을 내라고 호령을 쳤다.

나의 시계는 여덟 시가 거의 다 되었고, 택시는 학교의 캠퍼스 안까지 들어와서도 한참 달렸다.

택시에서 내리자, 나는 강당 층층대를 뛰어 올라갔다.

다리는 휘청거리고, 겨울도 아닌데 나의 안경은 눈에서 나오는 열에 엉키어서 안개가 낀 것같이 흐려졌다.

해는 넘어갔으나 밖은 아직 어둡지 않은데, 복도에는 불이 켜져 있었다.

복도에 들어서자, 나는 굵게 들려오는 첼로의 G선 멜로디를 들을 수 있었다.

피아노 소리도 웅장하게 들려왔다. 지금 켜고 있는 것은「트라멜러」[100]였다.

나는 발걸음을 멈추었다.

열어젖힌 창문들과 출입문 사이로 안의 연주하는 성스러운 모습과, 놀랄 만하게 많이 모인 청중을 볼 수 있었다.

나는 안경을 벗었다. 안경이 흐리기 때문이 아니었다. 눈에서 뜨거운 눈물이 자꾸 흘러나오기 때문이었다.

청중들 거의가 손수건을 들고서 눈물을 닦는 것을 볼 수 있었다.

나는 기뻐서, 감격해서, 그냥 복도에 서서 자꾸 울었다. 울음소리가 터져나올 것 같았다.

이날, 한국의 젊은 예술가인 안익태 군의 첼로 독주회는 우레와 같은 박수를 받았으며, 팔백육십 달러의 수입이 들어왔다.

---

100 슈만이 작곡한「트로이메라이(Träumerei)」로 추정된다.

4. 뉴욕에서의 작별

○

안 군과 나는 시카고에서 뜻있는 여름방학을 마치고 돌아오자, 전과 같이 템플대학교에 다녔다.

겨울방학이 되자 안은 나에게 뉴욕으로 가자고 했다. 나는 뉴욕을 세 번이나 갔지만 안은 아직도 뉴욕에 가본 적이 없었다. 그러나 안은 뉴욕에 구경 가자는 것이 아니었고, 다른 특별한 용무가 있었기 때문이었다.

그것은 안에게 커다란 용무였다. 미국 전국음악콩쿠르에 출연하기 위해서였다.

나도 크리스마스철이 가까워서 백화점 일이 바빴고, 방학 중에는 하루 종일 엑스트라 아워까지 일을 해야 했기 때문에 조금 난처하였다.

그 때문에 주말의 이틀을 이용하기로 하고 하루를 더 놀도록 허락을 받고 안과 함께 뉴욕 직행의 급행열차를 타게 되었다.

약 세 시간 뒤에 우리는 뉴욕 유니온정거장에 도착하였다.

다른 큰 도시의 정거장들과 마찬가지로 유니온정거장도 지하이었으므로 우리는 거리로 나오는 데 한참 동안이나 걸렸다.

타임스스퀘어 앞에서 우리는 다시 지하로 내려가서 지하철을 타기로 하였다.

맨해튼의 서부로 가는 선에서 급행을 타고 브로드웨이 116번가로 향하였다.

지하철은 언제나 만원이었지만 크리스마스가 가까운 철이었으므로 쇼핑하는 사람들로 대만원이었다.

한국 인구의 거의 절반이나 되는 사람들이 살고 있다는 뉴욕은 세계의 제일가는 도시요, 지하철은 콩나물시루와 같이 언제나 승객으로 꽉 차 있었다.

안과 나는 자리를 잡지 못하고 한편에 서서 116번가로 갈 수밖에 없었다.

우리가 하차한 브로드웨이 116번가의 오른쪽에는 세계적으로 유명한 컬럼비아대학교가 자리를 잡고 있었으며, 왼쪽에는 뉴욕에서 가장 아름답고 크기로 유명한 리버사이드처치(Riverside Church) 건물이 허드슨강변에 우뚝 솟아 있었다.

바로 이 처치에서 음악 콩쿠르가 열리게 되었고, 그 바로 아래쪽에는 뉴욕 한인 감리교회당이 서 있었다.

한국 교회당은 현대식 아파트의 고층 건물들 틈에 서 있는 4층의 작은 돌집이고 낡은 건물에 불과했으나, 나라를 빼앗긴 한국 사람들에게는 공사관보다도 더 큰 역할을 해주고 있는 곳이었다.

콩쿠르 장소도 가깝고, 숙식의 편리와 첼로 연습에 지장이 없는 곳을 택하기 위해서 안과 나는 이 한인 교회당을 찾게 된 것이었다.

마침 우리가 교회당에 들어갔을 때는 점심시간이었고, 교회당을 관리하고 계시는 윤 목사님도 외출하지 않고 계셨다.

안과 나는 오래간만에 밥과 김치를 맛볼 수 있었으며, 2층에 있는 조용한 방을 하나 얻을 수 있었다.

큰 방 안에 침대는 둘이 놓였고, 식사는 나가서 사서 먹는 것이 보통이었지만 우리 교포들에게는 방세를 받지 않았다.

방은 그리 좋지 않았으나 안이 첼로를 연습하는 데는 별로 장해가 없을 것 같아 이곳을 택한 것이었다.

점심을 먹고 안과 나는 밖으로 나가서 뉴욕 구경을 하기로 하였다.

우선 우리는 지하철을 타지 않고 바로 옆에 있는 리버사이드드라이브라고 불리는 넓은 자동차 도로를 넘어서 허드슨강변의 공원으로 갔다.

이 리버사이드드라이브는 다섯 줄의 자동차가 내왕하는 통로로서, 가장 자동차가 많이 내왕하는 시카고 세리든로드와 마찬가지로 자동차 통로였다.

안과 나는 이 길을 건너서 허드슨강변을 연해서 길게 자리잡고 있는 공원의 벤치에 앉았다.

우리나라의 압록강과 같은 넓이로, 늠름히 흐르고 있는 이 허드슨강 위로 오르내리는, 작고 큰 기선들을 바라보았다.

풀톤[101]이 발명한 첫 기선이 허드슨강의 물결을 가르면서 떠다니던 모양이 눈앞에 떠올랐다.

또한 워싱턴브리지(鐵橋)의 장엄하게 걸쳐 있는 모양을 바라보면서 뉴욕의 현대적 모습을 살피었다.

"며칠 후면 저 집에서 또 첼로로 싸우겠군. 꼭 이겨주게. 자넨 이제 세계의 꼭대기에 올라설 기회를 가졌네."

나는 미국의 석유왕이요 자선가인 록펠러가 지었다는 리버사이드처치의 고딕식 위관(偉觀)을 바라보면서 안에게 이렇게 격려하여주었다.

"힘껏 싸워야지. 이번에도 경쟁자가 수십 명이 되나 봐. 그러나 일등을 해야 한다는 각오야. 입선할 자신이 있지만, 많이 기도해주게."

안은 가는 눈을 감으며 두 입술에 힘을 주고 꽉 다물고 있었다.

"물론 입상해야지. 오늘을 위해서 거의 십 년이나 피눈물 나는 노력을 해왔지 않나!"

안과 나는 한동안 아무 말도 없이 앉아서 흘러내리는 강물만 바라보았다.

"해가 지기 전에 다운타운에 구경이나 가지. 여기서 내려가는

---

101 풀턴(Robert Fulton). 미국의 기술자. 1807년에 외륜기선(外輪汽船)을 진수해 허드슨강의 뉴욕-올버니 간 정기 항로를 개설했다.

이층버스를 타고 제5번가로 가면 돼."

이렇게 말하고 안과 나는 공원을 떠나서 이층버스 위에 올라 탔다.

강변에 줄지어 서 있는 현대식 높은 아파트와 병원의 고층 건물들을 쳐다보면서, 아무 말없이 타임스스퀘어를 지나서 어느덧 제5번가에 와서 내렸다.

한국의 국도만큼이나 넓은 사이드워크(步道)에는 사람이 얼마나 많이 내왕하는지 서로 어깨를 비비지 않고는 지날 수가 없었다.

다른 도시에도 사람이 많지만, 뉴욕의 제5번가와 같이 복잡한 곳이 없으며 더구나 크리스마스가 가까운 때라 쇼핑하는 사람으로 거리가 꽉 차 있었다.

"웬 통행인이 이렇게 많을까?"

안은 놀란 표정을 하였다.

"여기가 동경의 은좌[102]와 같은 번화가야. 평상시에도 그렇지만 요샌 선물을 사러 다니는 사람들로 이렇게 복잡해. 어쨌든 나는 뉴욕에 올 때마다 이런 생각이 떠올라. 나는 지금 인류의 행진 속에서 선두를 걷고 있다…… 인류의 역사는 이 세계 제일의 도시에서 바야흐로 기록되고 있지 않은가…… 사실, 우린 지금

102 긴자(Ginza, 銀座)를 말한다.

인류 행진의 선두에 서서 걷고 있는 것이야. 이것이 뉴요커(뉴욕 사람)들의 자랑이요 긍지인 것이야. 세계의 제일가는 도시, 뉴욕, 이것이 자랑이 아니고 무엇이겠는가……."

나는 이렇게 안에게 뉴욕에 대한 감상을 말하였다. 안도 나도 두 어깨를 더 넓히면서 힘차게 뚜벅뚜벅 걸어갔다.

상점마다 쇼윈도에는 크리스마스의 빨간색으로 장식이 되었고, 멋지고 새뜻한 상품들로 꽉 차 있었다.

우린 그런 것들을 살 돈도 별로 없었고, 또 보낼 곳도 없었다. 고향을 생각하지 않은 바는 아니지만 우리 고향에 맞을 만한 물건들이 아니었다.

우리 고향은 너무나 한심하고, 슬픈 곳이었다.

얼마를 이리저리 구경하다가 안과 나는 다시 타임스스퀘어로 되돌아나와서 어떤 큰 식당 안으로 들어갔다.

주문했던 저녁 음식이 들어왔을 땐 거리 밖에 가로등과 네온사인이 휘황하게 번쩍거릴 때였다. 우리는 저녁 식사를 하면서 식당의 커다란 전면 유리창을 통해서 뉴욕의 밤거리를 내다보았다.

그냥 사람들은 물결같이 쉬임 없이 지나가고, 오고, 전차, 버스, 택시들이 불빛을 퍼붓고 꼬리를 문 듯이 요란스럽게 움직여서 왔다갔다하였다.

극장 앞마다 칠색의 네온사인이 물결치듯이 움직이고 있고,

맞은편 큰 빌딩 전면에는 서커스의 크라운이 그네를 뛰는 모습의 네온사인이 왔다갔다하는 것이 보였다. 유명한 카네이션 밀크 회사의 광고였다.

뉴욕타임즈 빌딩 위에는 지금 막 들어오는 뉴스들이 붉은 네온사인의 글자로 타이프라이터의 리본같이 빌딩을 휘감고 지나가는 것이 보였다.

뉴욕은 이렇게 움직이고 있었으며, 밤에도 문자 그대로 불야성을 이루고 있었다.

○

안을 위해서 콩쿠르 수속을 다 마치고 나는 다시 필리로 돌아오게 되었다.

유니온정거장 휴게실에 앉아서 아침 열한 시 급행차가 떠나기를 기다리면서 안과 나는 이런 말을 주고받았다.

"콩쿠르가 끝나면 다시 나 있는 곳으로 오겠나?"

나는 이렇게 물었다.

"콩쿠르에 입선하면 여비를 만드는 대로 유럽으로 한번 가볼 생각인데…… 남의 신세는 더 지기 싫고."

안이 남의 신세라고 하는 것은 지금까지 윌리 부부의 도움을 받은 것을 의미하는 것 같았다.

"유럽에 가려면 상당한 돈이 필요할 터인데…… 그러나 예술가건, 과학자건 다 유럽에 한 번은 갔다와야 해. 또 유럽에 있는 사람은 미국에 한 번 다녀가야 세계적인 명성을 날릴 수 있는 거야. 하여간 이번 콩쿠르에 당선하고, 그다음 카네기홀에 데뷔하게 되면 세계적으로 일류가 되는 걸세. 꼭 성공하게."

나는 안에게 간곡하게 부탁하고 또한 격려하여 주려고 하였다. 이때 필리행의 급행 승객들은 폼으로 나가라는 마이크 소리가 들려왔다.

안과 나는 일어서서 굳게 악수를 하였다.

"성공을 비네. 꼭 성공해주게. 그리고 자주 편지를 주게."

"염려 말어. 그동안 자네 신세를 많이 졌네. 이렇게 또 떨어지게 되니 한없이 서운하네."

안의 눈 속에는 눈물이 어리어 있었다.

"아무리 넓은 세상이라고 해도 또 만나게 안 되겠나. 자, 그럼 몸조심하고 잘 싸우기 바라네."

나는 안의 손을 놓자, 작은 가방을 하나 끼고 폼으로 나갔다.

기차에 오르자 나는 안을 향해서 손을 흔들었다. 안도 손을 흔들면서 한 손으로 수건을 꺼내 얼굴을 닦았다.

기차는 삐 하고 소리를 내자 어느덧 정거장을 떠났다.

자리에 와서 앉았으나 아무것도 손에 잡히지 않았다. 나는 마치 열렬하게 사랑하는 연인을 떼어놓고 떠나가는 사람의 심정과 같았다. 가슴속이 허전해진 것같이 느껴졌다.

(그동안 자네 신세를 많이 졌네.)

이러한 안의 말과 눈물로 작별해주는 태도는 어떤 결심을 의미하는 것 같았다.

(안은 다시는 나 있는 곳으로 돌아오지 않고 그대로 유럽으로 가려고 결심한 것이나 아닌가!

만일 그렇다면 안과 나는 한동안의 이별 – 혹은 일생의 이별이 되지나 않을까!)

이렇게 생각할 때에 나도 더욱 가슴이 뭉클하는 것을 느꼈다.

사람은 언제나 정든 사람과 늘 같이 있지 못하고 떨어져 살아야 하나. 이러한 생각을 할 때, 나라도 없이 낯선 만 리 이국으로 떠돌아다니는 나그네의 신세가 한없이 서글펐다.

오래간만에 감상적인 노스탤지어에 사로잡혔다.

고향에 있는 늙은 부모가 그리웠고, 어릴 때 산과 들에서 같이 뛰놀던 친구들이 눈앞에 어른거려 보였다.

"인생은 하나의 항해다."

이러한 러스킨[103]의 말도 옳다고 생각했다.

---

103 존 러스킨(John Ruskin, 1819~1900). 영국의 비평가이자 사회사상가.

"인생은 하나의 지나가는 그림자다."

이러한 셰익스피어의 말도 다 옳다고 생각하였다.

집으로 돌아와서 점심을 먹고 낮잠을 잤다.

그동안의 피로와 허전한 마음속을 풀어버리기 위한 것이었다.

저녁에는 극장으로 갔다.

바바라 스탠윅[104] 양이 주연인 「한 댄스에 십 센트(10 Cents a Dance)」를 구경하였다.

새로 나온 여우(女優)였지만 나는 그의 열렬한 팬이었다. 그는 얼굴도 다정해 보였지만, 언제나 따뜻한 마음의 인정 있는 여인의 역할에 많이 나오기 때문에 나는 그를 좋아하였다.

글래머걸이라고 불리는 클라라 보[105]보다도, 잇트 걸(It girl)이라고 불리는 성적 매력의 주인공인 진 할로[106]보다는 포근한 인정을 풍겨주는 바바라 스탠윅 양이 제일 나의 마음을 끌었다.

나는 극장에서 나올 때 스탠윅의 사진 한 장을 사갖고 와서 나의 좁은 테이블 한 모퉁이에 세워 놓았다.

외로울 때, 적적할 때마다 그의 웃는 얼굴을 바라보고, 나는 싱긋이 혼자 웃어 보였다.

---

104 바바라 스탠윅(Barbara Stanwyck, 1907～1990).

105 클라라 보(Clara Bow, 1905～1965).

106 진 할로(Jean Harlow, 1911～1937).

그는 내가 어렸을 때 따뜻한 나의 어머님과도 같이 느껴졌다.

안을 뉴욕에서 작별한 이후부터, 나는 이 사진 한 장을 유일한 벗으로 삼았다. 그것은 한 장의 사진에 불과하였으나, 나에게 따뜻한 동정과 기쁨을 주는 하나의 부처님과도 같았다.

○

안이 뉴욕에서 열렸던 음악 콩쿠르에서 2등을 차지하였다는 것은 라디오와 신문을 통해서 곧 알 수 있었다.

나는 아침 일찍이 이 소식을 듣자 조반을 먹을 생각도 하지 않고, 침대 위에 쓰러져서 자꾸 나오는 눈물을 억제할 수가 없었다.

너무나, 너무나 기뻐서 운 것이었다.

사람은 기쁜 일이 있을 때, 더욱 흥분하고, 더욱 눈물이 나온다는 것을 처음으로 경험하여 보았다.

나는 거리에서도 미국 사람들을 만날 때마다, 나의 친구요 한국 사람인 안익태가 음악 콩쿠르에서 첼로 제2위를 얻었다는 것을 자랑하였다.

늘 다니는 담배가게, 음식점에 들러서도 안의 입선을 자랑하였다. 일터에 나가서도, 또한 학교에 가서도 안을 자랑하면서 돌아다녔다.

테이블 위에 놓여 있는 스타인웍 양의 사진을 향하여서도 안을 자랑하였다.

며칠이 지난 후에, 안에게서 이러한 편지가 왔다.

한 군!

자네의 꾸준한 성원으로 내가 제2위에 입선된 것을 감사히 생각하네.

연습에 너무 지치지 않았던들 1위를 했으리라고 생각이 되네. 그러나 1위와 2위의 차이보다, 이젠 다소 첼로에 자신을 갖게 되었으니 나 자신 성공이라고 만족하게 여기네.

상장도 받고, 상금도 얼마간 받아서 생활의 안정을 얻게 되었네. 그것보다도 뉴욕 제2심포니 오케스트라의 제1첼리스트로 추천이 되어서 취직이 되었네. 한 군이 모두 축복해준 덕택이라고 생각하네. 기뻐해주게.

어쩌면 한번 필리로 놀러갔으면 하나 지금 형편으로는 떠날 짬이 없네. 반하우스 목사님과 윌리 부부에게도 안부를 전해주게. 나도 따로 편지를 올리겠네만은.

그러면 여가 있는 대로 한번 나를 찾아주게. 몸 건강하여 공부 잘하기를 비네.

이러한 안의 편지를 받고 나는 한번 더 놀라고 또한 기뻤다.

뉴욕의 제2심포니의 첼로 제1인자로 추천되었으면 일류 첼로계에 데뷔한 것이고, 또한 보수도 상당히 많을 것이기 때문이었다.

나도 안의 편지를 받고 곧 축하하는 뜻의 회답을 하였다.

그 후 그는 뉴욕 심포니의 일원으로 순회 여행을 떠나 보스턴에서 연주를 하여 많은 성공을 얻었다는 편지가 왔다.

또한 뉴욕주의 북부 지방인 올바니, 시라큐스, 버팔로, 로체스터 등의 도시로 순회 연주를 하면서 가는 곳마다 열광적인 환영을 받았다는 편지도 보내왔다.

그것보다도 그가 최근에 보낸 편지에는 이러한 새 소식이 있었다.

> 한 군, 요새도 몸 건강하고, 공부도 잘하겠지.
>
> 벌써부터 한 군에게 이야기했었지만, 요사이 나는 「코리아 광상곡(Korean Phantasy)」을 완성하였네. 이것을 연주하는 데에는 작곡자인 나 자신이 하는 것이 좋겠다고 지휘자가 제의해서 나는 비로소 처음으로 바통(지휘봉)을 손에 들고 나섰네.
>
> 지금은 연습 중이지만 잘되어가고 있네. 참으로 지휘자야말로 음악가의 음악가라고 생각이 되네.

나도 앞으로는 첼로를 버리고, 주로 심포니 작곡과 지휘봉을 들고 스토코브스키나 토스카니니[107]와 대전해볼 결심이네.

한 군은 끝까지 나를 성원해주고, 축복해주기 바라네.

이러한 안의 편지를 받고 나는 또한 놀라고 기뻐하였다.

늘 말하던 「코리아 광상곡」이 완성되었다는 것도 무한한 노력이 들었겠지만, 그것을 자기 손으로 지휘하게 되고, 또한 지휘자가 될 수 있는 기회를 마련하게 되었다는 것은 안에게 다시 없는 출세의 길이 열린 것을 의미하였다.

또한 그보다도 세계의 일류인 스토코브스키와 견주어 보겠다는 그의 불타는 야심과 욕망을 볼 때에 나는 그의 정열에 대해서 감복하고 축복하지 않을 수 없었다.

그 후 그는 또 이러한 편지를 보내왔다.

언제나 그리운 한 군! 기뻐해주게.

나는 어제저녁 카네기홀에서 「코리아 광상곡」을 연주하여서 비로소 지휘자로 데뷔하는 데 성공을 얻었네.

무엇보다도 우리나라의 멜로디를 양곡으로 살려서 우리

107 토스카니니(Arturo Toscanini, 1867~1957). 20세기 전반을 대표하는 이탈리아의 명지휘자.

나라의 감정을 표현하는 데 성공한 셈이네.

음악은 총과 칼과는 다르겠지만 많은 사람의 감정을 찌름으로써 우리의 감정을 전하는 데 쓸 수 있는 무기라고 생각하네.

다른 곡을 창작하기 전까지는 여러 유명한 곡을 지휘할 수 있는 연습을 해서 지휘자로서 세계적으로 출세할 결심이네.

첼로는 근 이십 년이나 만지었으나, 그것만으로써는 진정한 음악의 대가를 할 수 없다고 생각하네.

이번「코리아 광상곡」연주에 대해서 뉴욕 각 신문의 논평도 퍽 좋은 편이어서 기뻐하네. 작곡에 대해서도 충분한 동양적 정서를 지닌 애수적인 작품으로 성공했다고 했고, 지휘자로서도 손색이 없다고 논평이 되었네.

한 군과 같이 늘 꿈꾸고 있던 그 이상을 꼭 실현할 날이 올 것을 나 자신 믿고 있네. 늘 축복해 주게.

이러한 편지를 마지막으로 한 달이 지나도록 안의 편지는 끊어지고 말았다.

어쩐 일인지 궁금할 뿐만 아니라 걱정이 되었다.

혹시 겨울을 지나 너무 과로했기 때문에 병석에 눕지나 않았나, 자동차 사고나 있어서 부상이나 당하지 않았나.

요다음 주말에는 한번 뉴욕으로 찾아가볼까. 테이블 위에 놓인 스타인웍의 사진을 바라보면서 이렇게 걱정을 하고 있었다.

걱정을 해보아도 쓸데없고, 마음만 자꾸 어두워오고 있었다.

나는 또 극장에 가기로 했다.

외투를 입고, 모자를 쓰고 벽 위에 있는 단추를 눌러 전등을 껐다. 나는 다시 단추를 눌러 불을 켰다.

내가 혼자서 방으로 돌아올 때 나를 반겨줄 사람은 없고, 다만 전등불과 책상 위에 있는 스타인웍 양의 사진뿐이기 때문이었다.

나는 그대로 불을 켜놓은 채 문을 걸고 밖으로 나왔다.

이튿날 아침, 집주인 마담은 나에게 편지 한 장과 사진이 든 소포 한 개를 가져다주었다. 영국에서 온 것이었다.

그것은 내가 애타게 기다리던 안에게서 온 것이었다.

안의 편지는 이러하였다.

> 한 군, 너무 오래 소식을 끊어서 미안하게 되었네.
>
> 나는 약 삼주일 전에 런던으로 왔네. 어떤 음악 비평가의 소개로 런던 제1심포니의 제1첼리스트로 일 년간 계약을 하고 오게 되었네.
>
> 떠날 때와 이곳에 와서도 연주 때문에 분주해서 편지를

쓸 시간이 없었네. 용서해 주게.

따로 보내는 소포에는 내가 런던에서 「코리아 광상곡」을 지휘 연주하던 사진들과 그동안에 연주했던 프로그램과, 신문에 났던 비평문들을 오려 보내는 결세.

잘 보고 또 격려해 주고, 하느님께 기도해 주게.

런던에서 성공을 하면 유럽 특히 비엔나에 꼭 가보겠네.

비엔나는 음악가의 요람이요 고향일세.

그러면 한 군의 건강과 행복을 빌고, 다시 또 쓰기로 하겠네.

런던에서 온 안의 편지를 읽고 나서 나는 그가 보낸 소포를 뜯었다.

안의 사진 - 지휘봉을 높이 들고, 두 팔을 벌리고, 연미복을 입은 안의 새뜻한 사진이었다. 세계적인 젊은 예술가 안익태의 영상이었다.

나는 테이블 위에 놓인 스타인웍 양의 사진을 접어서 서랍 속에 넣고, 그 대신 안의 사진을 세워 놓았다.

그리고 오른손을 내밀고 축하의 악수를 청하였으나, 사진 속에 있는 안은 그냥 엄숙한 표정으로 바통만 들고서 가만히 서 있었다.

포항수산초급대학(포항대학의 전신) 교수 시절(1957)

한흑구

흑구(黑鷗) 한세광(韓世光)은 1909년 평양에서 아버지 한승곤과 어머니 박승복 사이에서 1남 3녀 중 외아들로 태어났다. 평양 숭인상업학교를 졸업한 후 보성전문학교에서 수학하다가 1929년 2월 미국으로 떠났다. 미국에는 독립운동을 하기 위해 망명 간 아버지가 있었다. 시카고 노스파크대학교(North Park College) 영문과를 졸업하고 필라델피아 템플대학교(Temple Univ.) 신문학과를 수료했다. 1929년 5월 2일 교민단체 국민회(國民會)의 기관지인 『신한민보』에 시 「그러한 봄은 또 왔는가」를 발표한 것을 비롯해 흥사단의 기관지인 『동광』 등에 시와 영미 번역시, 평론, 소설 등을 발표하며 활발한 창작 활동을 했다.

어머니가 위독하다는 전보를 받고 1934년 귀국해 평양에서 잡지 『대평양』과 『백광』의 창간에 참여하며 창작 활동을 이어갔다. 1937년 4월 이화여전 음악과 출신의 방정분과 결혼했으며 일본의 탄압(수양동우회 사건)으로 아버지와 함께 피검되었다. 당시 많은 문인이 친일 대열에 합류했지만 한흑구는 단 한 줄의 친일 문장도 쓰지 않았다.

광복 직후 38선을 넘어 미군정의 통역관이 되었지만 부정부패에 질려 그만두었고 1948년 가을 포항에 정착해 이듬해 『현대미국시선』을 발간했다. 1954년 포항수산초급대학(포항대학의 전신)의 교수로 임용되었으며 수필집 『동해산문』(1971)과 『인생산문』(1974)을 상재했다. 1979년 11월 7일 작고했으며 1983년 포항 내연산 입구에 한흑구 문학비가 세워졌다.

인생산문

1판 1쇄 2023년 5월 31일

지은이 한흑구
펴낸이 김 강
편 집 김도형
디자인 아르떼203
펴낸곳 도서출판 득수
출판등록 2022년 4월 8일 제2022-000005호
주 소 경북 포항시 북구 장량로 174번길 6-15 1층
전자우편 2022dsbook@naver.com

값은 뒤표지에 있습니다.
ISBN 979-11-979610-8-3
ISBN 979-11-979610-6-9 (세트)